CHRISTIAN FIGUEIREDO

UM CORAÇÃO MAIOR QUE O MUNDO

— ROMANCE

OUTRO Planeta

Edição de texto: Ricardo Sil
Preparação: Fernanda França
Revisão: Giovana Bomentre e Laura Vecchioli
Diagramação: Abreu's System
Capa: André Stefanini

Este livro é uma obra de ficção, qualquer semelhança com a realidade é mera coincidência.

CIP-BRASIL. CATALOGAÇÃO NA PUBLICAÇÃO
SINDICATO NACIONAL DOS EDITORES DE LIVROS, RJ

F489c

Figueiredo, Christian
Um coração maior que o mundo / Christian Figueiredo. – 1. ed. – São Paulo: Planeta, 2017.

ISBN 978-85-422-1181-8

1. Romance. 2. Ficção brasileira. I. Título.

17-44713
CDD: 869.3
CDU: 821.134.3(81)-3

2017
Todos os direitos desta edição reservados à
EDITORA PLANETA DO BRASIL LTDA.
Rua Padre João Manoel, 100 – 21º andar
Ed. Horsa II – Cerqueira César
01411-000 – São Paulo-SP
www.planetadelivros.com.br
atendimento@editoraplaneta.com.br

O AMOR SALVA AS PEQUENAS HORAS,
ÀS VEZES UM DIA E, COM SORTE, UMA VIDA.

1

Um novo coração.

Pode parecer estranho o que vou dizer, mas desde muito cedo eu me atraio pelos poetas, músicos e autores que morreram jovens demais. Eu digo *pode parecer* porque, na real, o que me encanta na obra dessas pessoas é justamente o contrário da morte. E, para mim, o contrário da morte não é a vida, mas a paixão, aquela chama acesa que te inspira e te leva adiante. E é justamente isso que me atrai nessas pessoas, a intensidade em cada linha do que escreveram, em cada estrofe de uma canção.

Viver com paixão.

Pode soar esquisito pensar dessa forma, mas eu acho que nunca fui um cara muito normal, dentro do que é considerado um *cara normal*, né? Eu moro em Garça desde que nasci, e tenho plena consciência de que para onde eu for, sempre levarei essa cidade comigo. Ela faz parte de mim. Aqui eu nasci, aqui comecei a minha história, numa típica cidade do interior, cercada por cafezais e cortada por uma antiga estrada de ferro. Aqui as pessoas se conhecem pelo nome, trocam cumprimentos e têm sempre um tempinho para um dedo de prosa ou uma xícara de café. Mas de algum modo que eu não sei dizer, sinto que nunca pertenci realmente a algum lugar. É que a minha curiosidade sempre me levou para outros lugares, como se eu tivesse uma necessidade de ir além. Mesmo sabendo que minhas raízes sempre estarão plantadas aqui.

Em Garça é comum que os garotos da minha idade ou um pouco mais jovens passem o dia na rua jogando bola ou nadando no rio. Eu sempre fui mais fechado, na minha, e, por isso, preferia passar as tardes lendo, mesmo que muita gente me achasse estranho. Acho que minha atração pelos livros aconteceu de uma forma muito tranquila. É como se o meu jeito solitário se adequasse com perfeição à rotina da leitura. Talvez porque essa seja a única forma de expressão artística que você tem que encarar absolutamente sozinho. Você pode assistir a um filme, ouvir uma música ou ir a uma exposição acompanhado, mas ninguém divide o mesmo momento de leitura. Já pensou como seria você e o *crush* lendo um livro inteiro ao mesmo tempo, aí um vira pro outro e diz: "Já terminou? Posso virar a página?". Não rola, né?

Confesso que ter uma mãe com a saúde fraca contribuiu para o acúmulo de páginas lidas ao longo da vida. A dona Helena – esse é o nome dela – é a mulher com o maior coração do mundo, mas, por ironia do destino, esse coração que é tão grande nunca funcionou lá muito bem. Desde antes de eu nascer minha mãe já sofria de insuficiência cardíaca. A gestação dela, inclusive, foi de risco. E, por isso, não tem um só dia em que eu não agradeça a ela, mesmo que em pensamento, por ter sido tão guerreira e insistido em me dar a vida.

De vez em quando o coração dela dá uns *tiltis*. Nesses momentos, eu e meu pai sempre corremos com ela para a emergência. Passamos por vários hospitais, clínicas, prontos-socorros. Boa parte da minha infância eu passei nesses corredores de hospitais. Não é nada agradável lidar com a possibilidade da morte desde muito cedo. Por outro lado, acho que isso me moldou de tal modo que fez com que eu sempre enxergasse o quão passageiro é isso tudo. É como se essa certeza do fim me dissesse o tempo todo:

Viva a sua vida. Todos os dias. Permita-se. Faça o que você ama. Tudo pode mudar a qualquer instante.

Diversas vezes estudei para provas nos corredores dos hospitais. Porém, entre uma fórmula matemática aqui e uma análise sintática ali, eu sempre tinha um livro como companhia. Até tentei me distrair com os joguinhos eletrônicos dos celulares, mas definitivamente aquilo nunca funcionou pra mim. A leitura sempre me distraía mais. E, como uma espécie de bote salva-vidas, os poetas que morreram jovens apareceram para me salvar. É como se eu pudesse ler nas entrelinhas: "Morrer jovem não é um sinal de viver pouco". Muitas vezes era o contrário. Numa espécie de consciência do quanto a vida é breve, esses escritores apostavam todas as suas fichas numa mesma rodada, pois sabiam que a próxima podia não acontecer. Arthur Rimbaud, Caio Fernando

Abreu, Emily Brontë, Sylvia Plath, Federico García Lorca, Edgar Allan Poe. Esses nomes fizeram minha cabeça por algum tempo, até o dia em que eu me vi numa crise medonha de enxaqueca.

— Nisso que dá viver enfurnado nesses livros. Sai um pouco, vai tomar um sol, rapaz! — dizia o meu coroa, também conhecido como seu Wanderley da padaria. O velho sempre teve boas intenções, mas nesse caso específico ele estava errado. A crise de enxaqueca foi causada pelo início da minha miopia, eu soube logo depois de uma consulta com o oftalmo. Enquanto esperava os óculos ficarem prontos, resolvi dar uma pausa nos livros. Baixava uns discos na internet e passava meu tempo livre escutando as músicas de cantores que – bem, eu não fugi à regra – se foram jovens demais.

Não me lembro exatamente da primeira vez que ouvi Nirvana. Acho que foi num desses churras que a galera faz aqui em Garça. Eu devia ter uns treze ou catorze anos... o que significa que não foi há tanto tempo assim. Alguém colocou um clipe da Adele no YouTube. Foi bem na época em que ela estourou. Quando chegou no refrão todo mundo começou a cantar empolgadão. Daí que, do nada, entrou um sem noção qualquer e trocou a música sem avisar ninguém. A galera começou a chiar.

— Que merda de música velha é essa? — disse alguém na multidão. Eu nunca tinha ouvido aquela música, mas de uma coisa tinha certeza: de velha ela não tinha nada, era atemporal. Talvez esse seja um dos problemas mais graves da minha geração, classificar como antiquado tudo o que não passa pelo seu radar descolado das novidades da última semana. Nos primeiros segundos da música, eu já pensei: *Em que lugar do planeta eu estava que nunca tinha ouvido isso antes?*

De imediato outra coisa me chamou a atenção: a capa do disco na tela do computador enquanto a música tocava. Um bebê embaixo de uma piscina, nadando atrás de uma nota de um dólar numa clara referência à busca por dinheiro e consumo. Achei aquilo irado demais. "Então é para isso que viemos ao mundo?", parece nos perguntar aquela imagem. Muitas vezes tenho a impressão de que sim. Quando olho ao redor e vejo vários dos meus amigos enlouquecidos para entrar na melhor faculdade para conseguir o melhor emprego para casar com a garota mais linda e bem-sucedida da cidade para juntos terem filhos lindos e saudáveis que irão morar numa linda casa com três suítes para passar as férias na Disney para depois crescerem e continuarem esse modelo. Ufa! Todo mundo quer a mesma coisa?

Olhando por esse ângulo, eu realmente tenho uma sorte grande. Meus pais nunca exigiram nada de mim. Sempre deixaram claro desde cedo que eu podia ser o que quisesse da minha vida, contanto que nunca faltasse com respeito aos outros. Não exigiram que eu fosse o melhor em nada, nem o primeiro aluno, nem o campeão de natação. Meu pai acorda todos os dias bem cedinho para ir à padaria, já que muita gente conta com o pão quentinho da padoca do velho no café da manhã. Eu nunca o vi indisposto ou reclamando da vida. Todas as vezes que precisávamos sair às pressas à procura de atendimento médico para a minha mãe, mesmo nos momentos mais complicados, eu nunca capturei na sua expressão um olhar de tédio ou mau humor. Por mais impaciente que estivesse, sua única preocupação era o bem-estar da esposa, era saber que no final tudo ia dar certo e que mais cedo do que a gente pudesse imaginar ela estaria em casa novamente.

Minha mãe... Bem, o que falar da dona Helena? Acho que eu já disse que ela tem o maior coração do mundo, né? Mas um episódio específico ficou muito marcado na minha cabeça. Há quem diga que é um episódio bobo, sem importância, mas como menosprezar as memórias de uma criança? A história é a seguinte: eu era bem novinho, acho que devia ter uns quatro pra cinco anos. Nessa época, eu tinha crises de bronquite sérias. Minha mãe e meu pai procuraram por um especialista e acabaram encontrando um médico de Marília, que fica a aproximadamente trinta e cinco minutos de distância de Garça. Meu pai queria nos levar porque ele estava sempre preocupado com a saúde da minha mãe. Mas ela nunca foi muito de se fazer de vítima. Disse que estava bem e que dava conta de me levar, que ele ficasse cuidando da padaria. Pois bem, entramos no prédio onde tínhamos a consulta com o tal do especialista. Era um prédio novo, moderno, com doze andares... E tinha elevador! Eu nunca tinha andado de elevador. Impaciente que estava para desfrutar de algo novo, soltei logo minha mãozinha da mão da minha mãe e entrei no elevador, onde a porta se fechou imediatamente atrás de mim. Eu me vi ali dentro, sozinho, sem saber o que fazer, em pânico, achando que tinha sido engolido para sempre para o terrível mundo do elevador e comecei a chorar desesperadamente. Não sei quanto tempo durou, se segundos ou minutos, mas o fato é que depois de um tempo, o elevador voltou ao térreo e minha mãe estava lá, calma. Com paciência, ela me disse:

— Não precisa chorar, porque enquanto eu estiver por perto, nada de mal vai te acontecer.

Até hoje eu tenho certeza disso. Nos momentos em que estou sem rumo ou com medo, eu penso: *Se minha mãe estiver por perto, nada de mal vai me acontecer*. É como se ela fosse uma espécie de amuleto da sorte.

Eu tenho uma foto 3 × 4 da dona Helena na minha carteira. E sempre que a barra pesa um pouco ou me sinto apreensivo por qualquer motivo, eu olho pra essa foto, e o olhar suave dela me diz que tudo vai ficar bem. E, hoje, é um daqueles dias em que as notícias têm um caráter de urgência, de definitivo. Sei que pode parecer exagerado pensar assim, ainda mais quando se tem a vida inteira pela frente, mas certos sonhos e desejos são tão profundos que não podem esperar pelo amanhã. Você já os alimenta há tanto tempo, acorda pensando neles, dorme sonhando com eles e tudo o que você mais quer é pegar uma estrada infinita de horizontes e alcançar aquilo que muita gente chama de escolha, a sua escolha. Uma vez eu li algo parecido com:

"Mergulhe de cabeça naquilo que te dá vontade. A vida passa depressa!"

Morar numa cidade do interior não é viver numa montanha-russa de sensações. Aos poucos, você vai entendendo que os dias serão, mais ou menos, sempre parecidos. Minha vida aqui em Garça segue uma rotina muito comum. Quase todos os dias, vou para o colégio de manhã, estudo à tarde, ajudo meu pai na padaria, volto pra casa, janto com meus velhos à noite e vou pro quarto ler e escrever um pouco antes de dormir. Não é exatamente o que se espera do dia a dia de um jovem escritor, mas por outro lado, a vida sem surpresas me traz uma certa leveza. Já que essas surpresas nem sempre costumam vir de forma tão agradável. Geralmente é uma notícia do agravamento do estado de saúde da minha mãe.

Mas hoje, especificamente hoje, eu quero que a vida me traga surpresas. Boas e intensas. Por coincidência – será que como um jovem escritor eu deveria dizer acaso? – hoje recebo o resultado de duas provas que venho aguardando há bastante tempo. Acordo cedo, coloco uma playlist do Spotify pra tocar no aleatório. Mais de mil músicas naquela lista e o aplicativo escolhe "This is the day", da banda britânica The The. Tantas músicas à espera de serem ouvidas e o app escolhe justamente uma que diz que neste dia minha vida vai mudar. Será?

Coincidência ou acaso? Ligo meu tablet e vou direto para a página da Universidade Federal pra conferir a minha classificação no curso de Letras que utiliza a prova do Enem como critério de seleção. Vamos lá. Ordem alfabética. A, B, C. Carlos, Catarina, Chris. Chris! Tá aqui! Eu passei! Abro imediatamente outra aba e digito NY College. Caio na página da universidade de Nova York, referência no mundo inteiro. Há tempos venho esperando por esse resultado. Tudo bem que é só a primeira etapa, de um longo processo que ainda vai durar um ano. Mas só de passar por essa primeira etapa, que consiste na aprovação de um texto escrito em inglês para tentar uma vaga no curso de Creative Writing da universidade, deixaria meu dia muito mais feliz. Respiro fundo. Olho para o retrato da dona Helena na carteira. Novamente ordem alfabética. Calinda, Chelsea, Chris... Leio e releio a lista. Confiro nome e sobrenome. Sou eu! Eu passei na primeira etapa para concorrer a uma bolsa de estudos para morar durante um ano em Nova York. Um ano vivendo na cidade dos sonhos, com todas as despesas de alimentação e moradia pagas.

É o início de tudo. É a confirmação de que eu estou indo pelo caminho certo. É isso que eu quero pra minha vida. É disso que eu vou viver! Poder compartilhar com o mundo um pouco da minha verdade, refletir sobre o que a gente veio fazer aqui, tentar levar um pouco de beleza pras pessoas, ajudá-las nos momentos de dor e solidão, entender que essas fases são necessárias e que não precisamos passar por elas como se estivéssemos vivendo no pior dos mundos. Mas enquanto a gente está aqui, dividindo nosso tempo e nosso espaço, talvez seja interessante entender qual é o propósito de cada um. Fazer o que gosta para se tornar uma pessoa feliz e, consequentemente, tornar mais feliz o convívio com as pessoas ao seu redor. Eu já descobri o que quero fazer.

Talvez não tenha tido mesmo muita escolha. Talvez já tenha escolhido desde cedo esse caminho de contar histórias. Lembro que quando eu era bem novinho e me reunia com os meus amigos fora da escola, cada um tinha sua brincadeira preferida. Uns gostavam de brincar de carrinho, outros de bola, outros de pega-pega. Tinha ainda os que gostavam de fazer travessuras como tocar campainha e sair correndo ou roubar frutas do quintal do vizinho.

Desde essa época, minha brincadeira favorita era inventar coisas, criar mundos diferentes. Quando todos os meus amigos se juntavam, eu começava a contar para eles de um desenho que passava na TV, e eles paravam e me ouviam atentos. Só que aqueles desenhos nunca tinham existido. Era tudo imaginação da minha cabeça. Eu criava os personagens, os lugares, as falas, tudo. É claro que eles me perguntavam em que canal passava o tal desenho e em que horário, e eu sempre inventava uma desculpa. Resumo de tudo:

Eu já nasci escritor.

Abro a porta do quarto. Vou contar a novidade para a minha mãe. Talvez não seja fácil num primeiro momento aceitar a partida do filho. Ainda mais que somos tão ligados. Por outro lado, ela sempre soube que esse dia chegaria. Casa vazia. Estranho... Ela nunca sai de casa nesse horário, muito menos sem arrumar a mesa pro café da manhã, que é uma das primeiras coisas que ela faz todos os dias. Alguém toca na maçaneta da porta da rua. Deve ser ela voltando, esqueceu de alguma coisa, foi correndo ao mercado comprar. Não é. É o meu pai.

— Pai? — pergunto, aflito. — O que você tá fazendo aqui? Você não devia estar na padaria? Aconteceu alguma coisa? Cadê a mamãe?

— Senta, meu filho. Precisamos conversar.

Não gostei nada do tom com que meu pai me disse aquilo. Sentei ao seu lado no sofá e ele então começou a me contar.

— Sua mãe foi internada às pressas, mais uma vez.

— E por que você não me chamou? Quando ela foi levada para o hospital?

— Essa madrugada, você estava dormindo.

— Você devia ter me acordado...

— Chris — ele me cortou. — Eu não sei bem como te dizer isso. Então eu vou direto ao ponto.

— A mamãe tá no hospital mesmo? — eu me desesperei.

— Calma! Sua mãe está viva. Não sei por quanto tempo.

— Como?

— Sim. Você sabe que a saúde da sua mãe sempre precisou de muitos cuidados. O fato é que agora a insuficiência cardíaca progrediu tanto que o coração dela já não consegue bombear sangue suficiente para os órgãos.

— Mas o que a gente vai fazer? — perguntei angustiado. — A mamãe não pode morrer!

— Sua mãe precisa de um transplante de coração. Eu conversei muito com a equipe médica do hospital hoje. E todos eles foram unânimes em me dizer que em Garça e nas cidades da região os hospitais não têm as condições necessárias para dar continuidade ao tratamento dela. Eles me aconselharam a continuar o tratamento em São Paulo. Nós vamos ter que nos mudar pra lá.

— Claro! — respondi, sem pensar, afinal eu faria o que fosse possível para salvar a vida da minha mãe. — Quando?

— O mais breve possível. O diagnóstico não foi nada animador. Sua mãe precisa fazer logo um transplante de coração ou...

Neste momento meu pai travou. Sua voz começou a falhar, sufocada pelo choro que começava a vir. Eu nunca tinha visto o inabalável Wanderley frágil daquele jeito. Meu pai, que tinha se mostrado firme como uma rocha nos piores momentos, estava desmoronando na minha frente.

— Ou? — eu quis saber.

— Ou ela não vai sobreviver — respondeu.

— E quanto é o mais breve possível?

— Depende da evolução do tratamento. Pode ser que a gente tenha sorte e sua mãe aguente por uns dois anos até encontrar um doador compatível. Pode ser que ela não aguente tanto tempo. Nesse caso, seis meses seria o prazo máximo.

Seis meses é muito pouco tempo, pensei. Mas não era o momento de pensar e sim de agir. Seis meses ou seis dias, eu faria o que fosse preciso pra ver a minha mãe viva e com saúde.

— Quando é que a gente muda? — perguntei pro meu pai.

— É só o tempo de eu organizar algumas finanças, conversar com o gerente da padaria e os funcionários... Eu vou vender a padaria. A gente vai precisar desse dinheiro pra viver em São Paulo.

— Sim, temos que fazer isso! — respondi com um nó no peito por ter que ver meu pai se desfazer de um negócio que ele tanto amava.

Nem pensei em contar sobre o curso de Letras ou a bolsa em Nova York. O meu sonho de repente pareceu tão bobo, egocêntrico. Naquele momento, o sonho de me tornar um escritor reconhecido pareceu algo sem sentido. Qualquer obra de ficção perde a importância quando a realidade aparece de um jeito tão cruel. Nova York, escrita criativa. Tudo isso soava como um escape de quem não queria dar conta da realidade e das perspectivas que o rodeavam. Um jovem que, a partir deste momento, tem um motivo forte o suficiente para erguer a cabeça e que nada tem a ver com a vontade de ser escritor. A razão pela qual sigo em frente agora é o desejo de **encontrar um novo coração para minha mãe**.

2

"Socorro, não estou sentindo nada." Não sei por que essa música me veio à cabeça agora. Ou talvez saiba. Sou fã de carteirinha da Cássia Eller. Mas o personagem dessa música há muito tempo não vinha sentindo nada e, neste exato momento, sinto uma dor tão forte que tenho que me segurar para não chorar. Quem dera fosse uma dor daquelas que vem do fundo do peito, mas é só dor física mesmo, da agulha que rasga a pele do meu braço nos acabamentos finais de mais uma tatuagem. **Dessa vez escolhi um coração.** Não o coração romântico e fofo como o dos emojis de WhatsApp, mas o órgão humano, com suas veias e artérias bombeando sangue para o corpo todo.

— Pronto — me diz o tatuador. Me levanto da maca onde estava deitada havia umas duas horas e paro em frente a um espelho para ver como ficou. Nunca ficam bonitas de imediato, só com aquele aspecto de pele um pouco inchada e avermelhada. Tiro o dinheiro da bolsa e pago pelo serviço. Antes de ir embora, vou até uma máquina de café expresso e aperto o botão do cappuccino. Vinte segundos depois, sai uma bebida morna e rala, com um gosto achocolatado bem doce num copo descartável. Pego a bebida e vou para a janela olhar a vista.

Sinto frio. Escutei no rádio que foi a madrugada mais fria do ano. Daqui de cima, meu olhar pede por um raio de sol, mas tudo o que vejo são nuvens. E a cidade. A cidade imensa, caótica, engarrafada. No caminho para o estúdio, dentro do táxi, o motorista me disse que estava rolando uma greve geral, que os ônibus e metrôs tinham parado. Os poucos ônibus que passavam estavam lotados.

— Você tava contando com o ônibus, flor? Vai chegar atrasada no trabalho? — Eram perguntas que o taxista me fazia enquanto eu pensava que tinha que pegar meu carro na oficina de blindagem. Tinha deixado o carro lá para evitar a ladainha diária do meu pai. "A segurança desse país é um lixo. Não dá mais pra viver aqui. Ano que vem a gente vai se mudar pra Miami." Eu me lembrava das frases repetidas todos os dias pelo velho Alexandre à mesa do café da manhã.

Encaro de novo a cidade enquanto tomo coragem para ir embora de vez. Férias da facul, e eu me pergunto o que vou fazer hoje para preencher as próximas horas do dia. Não tinha pensado em nada além da tatoo. Abro um portal de notícias no iPhone e vou rolando a barra meio inerte pelas últimas atualizações. "Produção de veículos cai 15% no mês. França vai banir todos os carros a gasolina e a diesel até 2040. Morador de rua morre de frio na zona leste da capital paulista."

Saio do portal e abro o Instagram. A primeira foto que aparece é de alguns amigos que estão de férias em Ibiza, aproveitando o verão europeu. *Era pra eu estar aí*, penso enquanto olho para aquelas pessoas na foto e lembro que desisti na última hora de embarcar, já estava com a passagem comprada e tudo. Garotos malhados de tanquinho à mostra e meninas magrinhas que sorriem ou fazem careta para a câmera enquanto levantam suas taças com drinques coloridos. Três mil e setecentos *likes*.

Minha expedição pelo Insta é interrompida por uma ligação. Vejo escrito na tela "Renata (mãe)" e penso por instantes se atendo ou não.

— Alô — digo, por fim.

— Alô, Lily! — ouço a voz do outro lado da linha. — Onde é que você tá, filha?

— Tô saindo de um estúdio aqui na Faria Lima. Vim fazer uma tatuagem.

— Mais uma? — desesperou-se. Eu sabia que ela teria essa reação exagerada. — Daqui a pouco você vai estar parecendo uma história em quadrinhos.

— Não viaja, mãe.

— Uma moça com uma pele tão bonita, se rabiscando toda. Mas enfim, não foi pra isso que eu te liguei. Esqueceu do que a gente tinha combinado?

— A gente tinha combinado alguma coisa? — perguntei com sinceridade.

— Lily, minha filha, que coisa feia... quanto descaso com a sua mãe! A gente não tinha marcado de experimentar os vestidos? Falta menos de um mês pra minha festa de bodas de prata.

— Sua e do papai, né?

— O quê?

— Você falou como se fosse só sua a festa.

— Você entendeu o que eu quis dizer. Vinte e cinco anos não são vinte e cinco dias. Uma recepção num dos clubes mais caros dessa cidade para, no mínimo, quinhentas pessoas. Empresários, ministros, advogados... — ela dizia com naturalidade, mas para mim pareceu apenas ostentação.

— Isso é uma festa ou uma reunião do Ministério Público?

— Olha como você fala, garota! Você sabe quanta gente está se estapeando por um convite? E você, que é como se fosse a dona da festa também, vem com piadinhas...

— Tá bom, mãe! Onde é que a gente vai experimentar esse vestido?

— No Shopping da Zona Sul. Me passa o endereço desse estúdio. Tô passando aí pra te pegar.

Passo o endereço e, alguns minutos depois, minha mãe aparece. Entro no carro e sinto um cheiro diferente.

— Gostou do revestimento de couro que mandei botar? — diz ela logo de cara.

— Bonito — respondo.

— Esse tom aí é café com leite. Foi a moça da concessionária que me indicou. Falou que está na moda.

Mesmo tentando parecer descontraída, percebo que minha mãe está com o semblante apreensivo, mas não estranho. Ela quase sempre está com aquele jeito preocupado. Suas inquietações são muitas e variadas, e passam pela escolha do cardápio do jantar a convites para a primeira fila da São Paulo Fashion Week.

— Recebi uma mensagem da Mariana — continua a falar. — Ela está preocupada com você. Disse que até agora não entendeu por que você não viajou com eles.

— Não viajei porque não viajei. Não tenho que ficar dando explicação.

— Lily, não é normal esse seu desânimo... Você é jovem, bonita...

— Não é desânimo, mãe. É desinteresse. Estou cansada das mesmas músicas, das mesmas caras de sempre.

— Como assim mesmas caras? São seus amigos de infância, vocês cresceram juntos, estudaram juntos... Queria o quê? A Mariana acha que você está deprimida, que você tem que fazer terapia.

— Que saco a Mari ficar de recadinho com você. Por que ela não me fala as coisas direto? Eu não estou deprimida, só estou cansada dessas festas, de foto com biquinho no Instagram.

— E o que você vai fazer nas suas férias?

— Sei lá, mãe, o que eu vou fazer nas minhas férias! Minhas férias acabaram de começar, eu ainda não pensei. Ó, mas já fiz uma tatoo, gostou?

— Você sabe muito bem o que eu penso disso — respondeu sem nem olhar para o meu braço.

— Essa mania que as pessoas têm de achar que a gente sempre tem que estar fazendo alguma coisa — continuei. — E se eu não tiver a fim de fazer nada?

— Não é normal para uma garota da sua idade.

— Não é normal querer fazer mil coisas ao mesmo tempo. Talvez eu vá pra Campos um final de semana.

— Sozinha?

— Sim, sozinha.

— Vai entender sua cabeça. Abriu mão de uma viagem incrível pra Europa com gente que importa pra ir pra nossa casa que sempre vai estar disponível pra você.

— Mãe, é uma opção minha, poxa! Esse assunto já deu.

— Ok. E a faculdade? Como está?

— Não sei.

— Como assim não sabe?

— Não sei, mãe. Acabei de terminar o primeiro semestre. Não sei bem se é o que eu quero fazer. De repente, eu mudo de curso.

— E vai fazer o quê?

— Sei lá. Estava dando uma olhada num curso de Letras com especialização em tradução. Sempre tive facilidade com idiomas.

— Tão culta minha filha. Uma hora dessas podia estar na Europa treinando o seu espanhol com seus amigos. Mas não seria melhor você estudar algo que dê mais dinheiro?

Neste momento, aumentei o volume do rádio e comecei a cantar. Era um método para evitar ser aborrecida com mais perguntas sobre meus projetos para o futuro. Seguimos mais algum tempo pela Marginal Pinheiros até chegar ao shopping. Fazer compras sempre foi o programa preferido da minha mãe. Desde criança ela me carrega para passar tardes nos shoppings ou bater perna por ruas cheias de lojas caras. Eu nunca entendi muito bem por que sair carregando sacolas com roupas de grife causava tamanha alegria nela. Achava que iria entender quando fosse maior e tivesse idade pra comprar as mesmas roupas que ela compra. Mas confesso que continuo sem entender.

Minha mãe se sente uma espécie de Madre Teresa de Calcutá quando entra num shopping. Acha que já está fazendo uma importante contribuição para a sociedade quando trata todo mundo pelo nome, do manobrista às vendedoras. Do mesmo modo, se sente a pessoa mais generosa do mundo quando dá uma gorjeta alta para todas as pessoas que prestam algum tipo de serviço pra ela. Mas eu sempre olhei com desconfiança para esse tipo de atitude que, me parece, tem mais a ver com um tipo de reconhecimento – os funcionários desses lugares também sabem o nome dela e a tratam como celebridade.

Entramos na loja onde os vestidos estavam reservados. Pedi para experimentar o meu primeiro para me ver logo livre de tanta bajulação, já que todas as vezes que entro numa loja com a minha mãe, vejo os olhos das vendedoras se transformarem em cifrões.

— Quer um chazinho, Renata? Tem aquele de hibisco que você gosta. — É o tipo de papo que sempre escuto da caça de comissão que virá em seguida. O tratamento é sempre o mais informal. Minha mãe detesta ser chamada de dona ou senhora.

Coloco logo o vestido e digo: "está ótimo", no que imediatamente minha mãe reclama:

— Mas nem pensar! Olha essa barra! Olha esse caimento! — e chama um costureiro da loja para fazer os ajustes. Terminados os últimos retoques, saio da loja e aviso minha mãe que vou esperá-la do lado de fora.

— Tem certeza que não quer mais nada? Dá uma olhada nas botas novas que chegaram — insiste uma vendedora. Eu agradeço e me encosto num parapeito em frente à loja, de onde tenho uma visão ampla do shopping.

Me distraio vendo o movimento de pessoas indo e vindo, olhando vitrines, tomando sorvetes. E no meio de tudo isso, um casal apaixonado. Um sessentão, com um terno bem cortado, caminha ao lado de uma mulher que parece ser uns vinte anos mais jovem. Eles andam de mãos dadas e sorriem. Um casal como outro qualquer, que teria passado despercebido não fosse pelo simples fato de o homem se chamar Alexandre, engenheiro civil e dono de uma das maiores empresas de engenharia e construção civil da América Latina, também conhecido como meu pai.

3

— Quero ver a mamãe agora — falei pro meu pai, assim que o susto da notícia passou.

— Ela está no CTI. Talvez seja transferida pro quarto amanhã. Aí você poderá visitá-la. Por enquanto não tem nada que nós possamos fazer.

— Eu quero ir mesmo assim, ficar perto dela...

— Chris — meu pai me interrompeu. — De nada vai adiantar você ficar num corredor de hospital, mal acomodado, dormindo numa cadeira dura. Tenta relaxar agora. Amanhã a gente vai cedo pro hospital.

"Tenta relaxar", tinha me dito o seu Wanderley, ele mesmo uma cachoeira de emoções buscando se passar por um lago sereno e pacato. Volto pro quarto, pego novamente meu tablet, a internet ainda aberta na página do curso em Nova York. Saio da net e abro um e-book que comprei este ano.

"Eu sei que o barco tá furado
e sei que você também sabe,
mas queria te dizer pra não parar
de remar, porque te ver remando
me dá vontade de não
querer parar também."

Releio esse trecho de Caio Fernando Abreu algumas vezes e penso que talvez seja isso. É preciso ter força, mesmo quando tudo vai mal. Porque eu não tô sozinho nessa. Existem outras pessoas que contam comigo. Desanimar não é uma opção.

Desisto de contar para os meus pais sobre a aprovação no curso de Letras. Não tenho a menor condição de fazer o curso agora, e sei que eles não entenderiam minha opção. Pelo contrário, insistiriam para que eu fizesse, e a gente acabaria entrando numa discussão sem fim. Consigo até ouvir as frases que eles me dizem nesses momentos. **"Você tem que tocar a sua vida mesmo com todos os problemas."**

Concordo com eles e vou continuar tocando a minha vida. Só que de outro jeito. Agora vou fazer um pequeno desvio. Talvez demore um pouco mais pra chegar ao fim da estrada. Talvez encontre coisas surpreendentes nesse novo caminho. O fato é que eu não posso me dar ao luxo de gastar com meus estudos agora quando meu pai está tentando vender o próprio negócio pra levantar uma grana e arcar com as contas do tratamento da minha mãe. Mesmo sendo uma universidade pública, haveria despesas com moradia, alimentação, livros e todas as outras coisas.

Além de tudo isso, eu não posso e não quero ficar longe da minha mãe. Não agora. Eu sei que o pior não vai acontecer, que nós vamos passar por essa barra e sair mais fortes dessa história. Como eu tenho certeza? Não sei explicar, mas quando olho pra ela, já consigo vê-la bem velhinha, os cabelinhos brancos, sentada na cabeceira de uma grande mesa de um almoço de domingo enquanto os bisnetos correm pela casa e eu corro atrás deles, feito louco, insistindo para que fiquem quietos e provem o virado à paulista que só a bisa deles sabe fazer.

Sim. Eu disse bisnetos. Isso porque minha mãe tem apenas quarenta e três anos e eu não quero esperar muito mais do que uns dez para aumentar a família. A dona Helena sentada na cabeceira da mesa é uma senhora de oitenta anos, ativa, que faz aula de hidroginástica e cuida das rosas do seu jardim. O jardim de rosas me passou pela cabeça agora. Minha mãe adora rosas. Quer dizer, ela adora plantas em geral. É difícil ela dar uma voltinha na rua sem voltar com um vaso de uma planta qualquer. Meu pai até brinca que nossa casa parece uma floresta com seus bonsais, flores e plantas espalhadas por todos os cômodos. Ela acorda cedo, rega, conversa com as mudas, escolhe o melhor lugar da casa para que fiquem bem acomodadas. Sabe exatamente qual planta gosta de sol ou de sombra. Nunca gostou muito de computador, mas lembro que a primeira vez que ela pediu minha ajuda na internet foi em uma pesquisa para saber que espécie de adubo era melhor para uma de suas plantas.

Penso nisso e imediatamente me levanto. Vou até um viveiro que tem aqui perto de casa, onde minha mãe compra suas plantinhas. Pego um vaso de tulipas e vou direto pro caixa.

— Quer levar um cartão? — pergunta a vendedora.

— Claro! — Tento soar natural, como se a ideia de escrever um cartão já tivesse passado pela minha cabeça minutos atrás e não fosse algo que eu acabava de conceber graças à sugestão dela.

No outro dia bem cedo, eu e meu pai vamos para o hospital. Recebemos a boa notícia de que minha mãe havia sido transferida para um quarto e já podia receber visitas. Entro com o vaso de tulipas na mão e a avisto deitada na cama. Tento dar o meu melhor sorriso para que ela não perceba que estou preocupado. Seu abatimento é evidente. Me sento ao seu lado e beijo sua mão, que está fria.

— Como você está? — ela me pergunta.

— Eu tô bem. Eu quero saber de você. Você é o centro das atenções agora. Como passou a noite? Dormiu bem?

— Dormi. Dormi, sim.

— Mãe, qualquer incômodo que você esteja sentindo, qualquer coisa... você tem que falar. Não é hora de esconder nada. Tô achando esse quarto um pouco frio... O pai trouxe uma mantinha, ele tá lá fora conversando com o médico.

— Tá tudo bem, Chris. Logo, logo eu tô voltando pra casa. O que você almoçou ontem?

— Essa é a boa e velha dona Helena! Mãe, vamos parar com isso! Você tá em recuperação e sua cabeça tá pilhada com as coisas lá de fora. Eu não lembro o que almocei ontem — digo, depois de uma breve risada. — Mas você sabe que de fome eu não vou morrer, né? Tenho dezenove anos, já sou bem grandinho e sei me virar. E quando você não está em casa, vou pra padaria e bato um rango por lá. Olha o que eu trouxe pra você.

Estendo o vaso de tulipas. Ela sorri. Percebo que faz esforço para alcançá-lo, mas seus movimentos estão lentos.

— Vou deixar aqui na mesinha. Já reguei antes de sair de casa.

— Não precisa regar muito, ainda mais agora nesses dias frios, a necessidade delas de água diminui bastante — me aconselha.

— O médico disse que talvez você seja liberada nessa semana mesmo, mas até lá vou ficar aqui no hospital com você.

— Seu pai disse que a gente vai se mudar pra São Paulo pra fazer o tratamento. Eu falei com ele que não precisa...

— Eu não quero nem ouvir essa conversa — contesto. — Tudo o que for necessário pra cuidar da sua saúde, a gente vai fazer.

— Você e o seu pai têm sua vida. Eu posso passar uns tempos na casa do seu tio Eduardo em São Paulo...

— Concordo que eu e meu pai já temos uma vida, e essa vida inclui necessariamente seu bem-estar. Não existe vida pra mim sem você dentro dela, mãe, bota isso na sua cabeça.

— E os seus estudos? E o curso de Letras? Você me disse que o resultado estava pra sair.

— É. Saiu. Infelizmente não passei — minto.

— Poxa! Eu jurava que você ia passar... tinha sido tão bem classificado. Mas não desiste. Tenta de novo ano que vem. Você é inteligente e aplicado. Vai longe, tenho certeza. Você estava esperando o resultado de uma bolsa lá das gringas também, não tava?

— Não saiu ainda. Foi adiado. Daqui uns dias sai — digo, desviando o olhar.

A enfermeira chega trazendo o café da manhã. Logo em seguida, irá ajudar minha mãe a tomar banho.

— Vou ver como estão as coisas com o papai — me levanto e saio do quarto.

No corredor, ouço minha mãe pedindo para a enfermeira pegar o cartão no vaso de tulipas. Mesmo tendo a escrita como minha provável profissão, sempre fico encabulado quando tenho que escrever pra alguém que eu gosto. Parece que aumenta um pouco a responsabilidade. Todo mundo fica esperando alguma coisa bonita ou tocante, e eu sempre acabo sem saber o que escrever.

Temos o maior amor do mundo.
Estamos juntos nessa!

Avisto meu pai e o médico, que ainda estão se falando. Consigo apanhar um pouco da conversa. Já era o que estava esperando. Minha mãe ainda vai ficar uns três dias internada e depois pode voltar pra casa.

— É importante que vocês busquem o tratamento adequado logo — disse o médico. — Garça não tem infraestrutura médica nem os recursos para a gravidade do problema dela.

Ele tinha um tom de voz forte, como se estivesse quase nos dando uma ordem. Traduzindo, parecia dizer: "Vocês têm que ir embora logo".

Passei os três dias seguintes pernoitando no quarto do hospital, com a minha mãe. Na primeira internação mais prolongada dela, eu devia ter uns nove anos e meu pai insistia para que eu ficasse em casa. Uma prima mais velha ia para lá e cuidava de mim. Eu passava o tempo de uma maneira muito mais agradável, segundo a opinião do seu Wanderley, vendo desenhos animados.

À medida que fui crescendo, o convenci de que eu poderia fazer companhia para minha mãe durante esses períodos, ficar perto, cuidar dela. Meu pai me olhava comovido porque achava que aquilo seria um sacrifício pra mim. Não era. Nunca foi. Mesmo sendo um ambiente adulto, meu olhar de criança e pré-adolescente nunca encarou como um sofrimento os períodos que eu passava ali. Muito pelo contrário, eu gostava.

Sim. Já avisei que sou um cara estranho. Mas acho que naquele ambiente que pedia silêncio, eu também podia ficar quieto sem dar explicação pra ninguém. Além do mais eu nunca estava sozinho. Os escritores e cantores estavam sempre comigo nos livros que eu lia ou nas músicas que ouvia. E digo mais: talvez eu só tenha começado a escrever por causa desses longos períodos em hospitais, clínicas e postos de saúde. Pra contar histórias, você tem, antes de qualquer coisa, que gostar de ouvir histórias. E não existe melhor lugar no mundo para se ouvir boas histórias do que nesses centros de saúde. Não só histórias tristes, mas casos de superação e, acredite quem quiser, até mesmo histórias engraçadas.

Uma constatação óbvia: ninguém vai parar num hospital porque está feliz da vida. Não. É justamente o contrário. As pessoas vão para um hospital porque estão doentes, sofrendo, com dor. Não é nada agradável a rotina de um pronto-socorro com pessoas chegando entre a vida e a morte. Não é nada agradável ver o choro de alguém que não esperava pelo resultado negativo de um exame. Mas, muitas vezes, nesses mesmos lugares, eu vi brotar a esperança depois de um laudo médico reconfortante, a alegria nos olhos de quem estava se recuperando ou voltando para casa curado de alguma doença.

Quando algo vai mal, ficar alegre muda tudo. A alegria transforma!

E foi com uma alegria sem tamanho que minha mãe fez sua primeira refeição logo depois que recebeu alta do hospital, assim que paramos na padaria. Meu pai pediu para um dos seus funcionários fazer "o lanche da dona Helena, no capricho". Todo mundo ali já conhecia o gosto da minha mãe. O lanche da dona Helena, no caso, era um sanduíche com linguiça calabresa, bastante cebola e uma montanha de queijo prato.

— Não vai exagerar — dizia o meu pai, porém sem conseguir negar o pedido da esposa, que ainda estava sob restrição médica e precisava seguir uma dieta mais leve. Mas como resistir à satisfação dela ao prazer da primeira mordida?

Logo em seguida, deixamos minha mãe em casa e fomos resolver algumas pendências da mudança. Meu pai tinha adiantado muita coisa nesses três dias em que eu tinha ficado no hospital. Estava praticamente tudo pronto para nos mudarmos pra São Paulo. Ele já tinha até colocado anúncio na internet para a venda da casa, que seria alugada enquanto não encontrasse um comprador. A padaria, por enquanto, ficaria aos cuidados do Jairo, um gerente de confiança que trabalha com meu pai há anos e depositaria o dinheiro todo mês pra ele. Quase tudo certo. Só faltava fechar o carreto.

E, desse modo, prático e determinado, nos mudamos pra capital. Chegamos num fim de tarde de julho. Uma frente fria tinha acabado de passar pela cidade, que agora apresentava um clima mais agradável. Eu tinha vindo para São Paulo algumas vezes quando criança. Era sempre uma empolgação porque sabia que poderia fazer coisas impossíveis de se fazer no interior. Andar de montanha-russa e comer fast-food eram diversões extraordinárias naquela época. Agora olho pela janela enquanto o carro cruza a Radial Leste, e só consigo pensar em como essa cidade não me parece nada acolhedora com seus muros cinzas e sua expansão desordenada de concreto.

É claro que essa cidade contém muitos outros enigmas indecifráveis ao primeiro olhar de um jovem assustado com uma transformação tão repentina em sua vida. Talvez, neste momento, esse olhar esteja carregado de mágoa, já que estar em São Paulo significa não ter ido para a faculdade de Letras. Por outro lado, quando minha mãe estiver com **um coração novo** terei motivos de sobra para amar essa cidade.

Perdido entre anotações para amar e odiar São Paulo nem percebo quando meu pai estaciona o carro. Chegamos enfim à casa dos meus tios no bairro de Artur Alvim. Como essa casa me traz boas lembranças! Vinha para cá quase todas as férias no início da minha adolescência. Lembro que ainda era um pivete, mas me sentia todo importante porque já saía pra dar uns rolês com o meu primo Andrei, que é cinco anos mais velho. Ele nunca me tratou como criança. Pelo contrário, até me apresentava uns filmes supercabeça, que os meninos da minha idade nem pensariam em ver. Imagina um moleque de treze anos assistindo a um filme francês. Nunca teria passado por essa experiência se não fosse pela sorte de ter um viciado em cinema na família.

Meu pai toca a campainha. É Andrei que atende. Nos abraçamos felizes. Logo em seguida aparecem meus tios, Eduardo, irmão da minha mãe, e Letícia, sua esposa. É uma festa. É sempre uma festa quando nos reencontramos. Minha tia nos recebe com uma bandeja de bolinhos de chuva passados numa mistura de açúcar com canela. E café!

Conversamos durante um bom tempo. Meu tio alugou uma casa vizinha, onde nós iremos morar. Ficaremos alguns dias aqui na casa deles até que o carreto traga nossa mudança completa. Falamos das nossas expectativas, da saúde da minha mãe, de trabalho – minha tia é costureira, meu tio é garçom, Andrei acabou de se formar em cinema e já dá aula de roteiro numa faculdade grã-fina –, da vida que está por vir.

Deixo meus pais e meus tios um pouco de lado e vou para a sala com Andrei. Ele quer me mostrar o roteiro de um curta que está produzindo. Conto para ele da minha aprovação no curso de Letras e também do resultado positivo que tive para tentar a bolsa nos Estados Unidos. Digo que desisti da faculdade por causa das recentes mudanças de planos. Peço segredo. Sei que posso confiar no meu primo, mas ele insiste para que eu não desista de cursar uma faculdade e pergunta sobre a minha pontuação.

— É uma pontuação alta! — diz ele. — Com essa nota, você consegue uma bolsa de oitenta por cento na facul em que dou aula.

— Não sei... acho que agora não é o momento. Tem a minha mãe...

— Você não quis ir pra facul federal pra não ficar longe da tia, não é? E agora o que te impede de fazer uma faculdade aqui, morando com seus pais?

— Andrei, eu acho que agora preciso procurar um emprego, ajudar os velhos. A grana tá curta.

— Você pode trabalhar e estudar. Milhares de pessoas fazem isso. A vida nem sempre é fácil, mas você vai conseguir dar conta. Na próxima semana, você vai comigo até a faculdade e nós vamos ver se conseguimos te encaixar já para o próximo semestre. Ah, e quanto à bolsa na gringa, nem pense em parar de estudar. Não é todo mundo que pode se dar ao luxo de dizer que tem um primo escritor reconhecido internacionalmente. E você ainda vai me dar esse gostinho!

Andrei continua pensando por um tempo. Me deixo contagiar por sua empolgação e sinto um frio na barriga. De repente, tudo parece tão novo e tão cheio de possibilidades que deixo de lado aquela bobagem de odiar São Paulo. *Como não amar essa cidade? Como não ficar fascinado com as portas e janelas que ela sempre deixa abertas pra você?*

4

É engraçado pensar que somos dependentes daquilo que nos falta. Vejo meu pai passeando de mãos dadas com uma jovem ruiva – o cabelo parece pintado, mas a escolha do tom lhe cai bem – e tenho que admitir que conheço muito pouco desse homem. Ele não morreu quando eu era criança, não possui nenhuma grave doença – pelo contrário, adora exibir seus ótimos índices de triglicérides nos resultados de seus check-ups anuais –, não mora num país distante tampouco passa longos períodos longe de casa. Não. Meu pai é uma figura presente. Pelo menos, fisicamente.

Tomamos o café da manhã todos os dias juntos. Ele faz questão de reunir esposa e filha à mesa na hora das refeições, mesmo que não tire o olho do seu iPhone enquanto lê as notícias e reclama do país, da violência, da corrupção, dos políticos, da economia, do aeroporto que virou rodoviária. Ele é uma fortaleza de moralidade e se inclui em um grupo que, segundo suas próprias palavras, está ficando cada vez mais restrito, o seleto grupo das pessoas de bem.

Ele e minha mãe irão completar vinte e cinco anos de casados no mês que vem. Vão comemorar abrindo as portas de um clube tradicional de São Paulo para outras tantas pessoas que, assim como eles, são pessoas de bem. O fato de ele estar acompanhado de uma mulher que não é a sua esposa num passeio romântico parece não abalar em nada a sua fé na família e nos bons costumes. Me sinto perdida quando penso naquela história de que carregamos sempre um pouco ou, quem irá dizer, bastante dos pais no nosso temperamento. Tenho vontade de me libertar dessas amarras, mas penso que antes terei que ficar em paz com elas.

Meus pensamentos são interrompidos pela presença da minha mãe e suas sacolas. São tantas que, à primeira vista, mal dá para contar. Um homem de terno e gravata a ajuda. Ele irá nos acompanhar até o estacionamento. Assim que entramos no carro, ligo o rádio e torço para estar tocando uma música conhecida. A velha tática de cantar em alto e bom som para evitar perguntas sobre o que eu vou fazer com o meu tempo livre. Uma música dos anos 1980 está tocando. Vou mudar a estação, mas minha mãe me impede.

— Deixa, essa é da minha época. — E canta junto com a voz aguda que sai do rádio. Pelo menos, me deixou em paz.

No celular, mensagens no grupo "Ibiza Lacradora" começam a bombar. Não sei por que não saí do grupo de Whats que foi criado antes da viagem. Não, não era uma vontade de fazer social. Segundo a Mari, eu já tinha dado uma bola fora desistindo de embarcar no voo com eles. Também não é uma vontade de pertencer. Para mim, tem ficado cada vez mais claro que eu não faço parte dessa turma ou de qualquer outra. São meus amigos e eu os conheço desde sempre, mas há bastante tempo não me sinto totalmente entrosada com os papos e rolês deles.

Acho que eu ainda não saí do grupo de WhatsApp porque existe um mecanismo nesses áudios, conversas, vídeos e *memes* compartilhados que indica uma vida de jovens privilegiados. Por um lado, é reconfortante saber que se eu quiser participar dessa vida de viagens, festas, roupas de marca e *likes*, todas as portas estão abertas pra mim. Mas nada disso me toca. E talvez por isso eu venha me sentindo um pouco triste de um tempo pra cá. Porque eu sei onde não quero estar, mas ainda **falta descobrir qual é o meu lugar.**

No meio do turbilhão de mensagens do grupo, recebo um whats da Mari e começamos a conversar em particular.

Mari
Oieeeeee

Eu
Oi, Mari
Tudo bem?

Mari
Tudo
Miga, até agora não me conformo de você não ter vindo
Geral tá sentindo sua falta

Eu
Não estava no clima
Ano que vem eu vou

Mari
Ano q vem a gente vai pra Mykonos
Ibiza já tá tão cheia de farofeiros. Meio Miami.
Muito brasileiro

Eu
Legal
Mykonos é uma boa.

Mari
O Fabrício não para de perguntar de você.
Falou que foi a maior mancada você ter furado a viagem. Você sabe q ele estava contando que vocês iam se pegar, neh?

Eu
Não sei de onde ele tirou isso
Nunca dei mole

Mari
Tirou da cabeça de cara gostoso que ele é
Rico, cara gato... As minas não saem de cima dele
Você viu que ele bateu 90 mil seguidores no Instagram?

Eu
😞

Mari
Ó... A gente vai chegar dia 18 aí em Sampa
Já vai anotando na agenda que eu vou te tirar de casa nem que seja na marra. Vai ter a inauguração de uma balada top em Pinheiros
Já consegui os vips

Respondi que sim, que estava tudo certo. Esperaria ela voltar de viagem pra gente ir à inauguração da balada *topíssima*. Nos despedimos. Olhei para a data no visor do celular e respirei aliviada por perceber que ainda faltavam quase duas semanas para a viagem da Mari terminar. O tempo frio já não me incomodava tanto. Por um momento até desejei que a frente fria continuasse por um bom tempo. Só assim teria uma boa desculpa para ficar no meu quarto, sem minha mãe ficar enchendo meu saco, acompanhada dos meus livros e das minhas séries.

E foi assim que eu passei as semanas seguintes. Meu quarto era o meu reino. O mundo externo era quase um outro planeta. Às vezes eu realmente tinha a impressão de ser uma extraterrestre, um ser diferente com hábitos estranhos e nada parecidos com os das pessoas iguais a mim. Ia dormir às cinco da manhã. Troquei a noite pelo dia. No início minha mãe reclamou que nem me via mais. "Nem parece que a gente vive sob o mesmo teto", ela dizia. Meu pai começou a se queixar por eu acordar tão tarde. "Você precisa se esforçar mais, acordar cedo, fazer algum curso de férias. Não é porque você é minha filha que não precisa se empenhar... que exemplo você vai dar pros empregados?" era a conversa dele. Mas depois eu os convenci de que era importante eu ter o meu espaço. "Eu estou de férias! Daqui a pouco volto a madrugar até o fim do ano!"

E assim eu nem vi o tempo passar. Às vezes não sabia nem se tinha feito chuva ou sol, se estava frio ou calor. Silenciei o grupo "Ibiza Lacradora" e quase não olhava o celular. Fui despertada da minha solidão não tão aborrecida por uma ligação da Mari.

— Poxa, Lily! Onde é que você tá que não responde mais minhas mensagens? — Ela tinha acabado de desembarcar em Guarulhos e eu não ia conseguir fugir por muito tempo. — E a nossa balada ainda tá de pé? — perguntou.

— Balada? — perguntei, confusa.

— É, Lily. Balada. Lembra que eu te falei de um clube de Pinheiros...

— Ah, claro... Tá de pé, sim. Quando vai ser?

— Amanhã. Passo aí na sua casa pra te pegar.

— Beleza.

Nos falamos mais alguns minutos. Mari me contou um pouco mais sobre a viagem que, segundo ela, tinha sido incrível. Depois que desliguei o telefone fiquei me perguntando de onde ela conseguia tirar tanta energia. Tinha acabado de atravessar o oceano e já se programava para uma festa no dia seguinte.

Era chegada a hora também de eu botar minha cara no sol – ou na garoa, vai saber. Precisava parecer uma adolescente normal. Minha mãe vinha reforçando a ideia de terapia e tudo o que eu não queria naquele momento era me sentar de frente para um estranho e dizer que não havia nada de errado comigo, tirando o fato de eu achar tudo um tédio.

Balada. Amanhã. Ok. Abri meu closet para escolher uma roupa. Escolher o *look* um dia antes pode parecer um excesso de empolgação. No meu caso era justamente o contrário. Era uma tarefa que já deixaria adiantada pra não ter que me preocupar depois. Assim, quando a Mari me ligasse dizendo que estava a caminho, era só me enfiar no figurino pré-selecionado e esperá-la. Tirei a primeira coisa que vi, um terninho descolado Dolce & Gabbana verde que minha mãe tinha me dado no último aniversário. Dona Renata ia ficar feliz de me ver usando-o pela primeira vez. Deixei a roupa em cima de uma cadeira e voltei pra minha cama. Peguei o controle da TV e continuei assistindo ao último episódio de uma série. Pelo menos na ficção, **tudo parecia bem.**

5

Acordei com o barulho infernal de uma furadeira. A casa que meus tios tinham alugado para a nossa nova moradia era ampla e confortável. Tinha até um quintal onde batia sol pela manhã, mas ainda precisava de muitos reparos. E como o aluguel estava bastante em conta, eu, meu pai, o tio Edu e o Andrei decidimos formar um pequeno mutirão e resolver as pendências da nova casa. O teto do banheiro mofado por causa de uma infiltração, algumas janelas emperradas, portas de madeira corroídas por cupins, paredes descascadas necessitando de uma pintura, o chuveiro queimado que precisava ter a sua resistência trocada. Tiramos um dia inteiro, encaramos o trabalho e colocamos a casa em ordem. Já escurecia quando terminamos tudo. Pó e sujeira por todos os lados. Eu e meus pais ainda iríamos dormir mais um dia na casa dos meus tios até que a arrumação estivesse completa.

Estávamos todos acabados quando minha mãe resolveu passar um café fresquinho. Como eu gosto do cheirinho de café e todo mundo reunido! Neste momento, observei Andrei mexendo no seu celular. Parecia que estava jogando alguma coisa, deslizando seu dedo para esquerda e para a direita. Às vezes demorava um pouco mais, sorria ou fazia uma cara de admiração ou surpresa, mas parecia absolutamente entretido com aquela função. Não me contive e perguntei:

— Posso jogar um pouco também?

— Jogar?

— Não é isso que você tá fazendo? Não é um jogo? Olhando daqui parece divertido...

— Digamos que sim, que é um jogo. Mas não desses que você tá pensando. Eu tô num aplicativo de paquera.

— Aplicativo de paquera?

— É... Você nunca entrou num desses aplicativos?

Fiquei com vergonha de dizer que não. Podia soar meio caipira, o menino ingênuo do interior, que não tem perfil num aplicativo de namoro num mundo tão moderno. Mas a verdade é que nunca me senti atraído mesmo por esse tipo de coisa. Sei lá, pra mim, sempre soou estranho escolher alguém pelas fotos que ela posta, a roupa que ela está vestindo ou meia dúzia de frases feitas.

— Ah, claro... — respondi. — Criei uma conta uma vez, mas acabei deletando. Achei meio sem graça.

— Cada um, cada um — prosseguiu Andrei. — Eu tenho me divertido.

— Você já encontrou muitas garotas por aí?

— Algumas.

— E foi legal?

— Depende. Cada experiência é única. Como na vida real. Não é porque você conhece alguém pela net que vai ser diferente. O aplicativo é só uma maneira de facilitar esses encontros. Mas depois que você conhece a garota, as coisas funcionam como num flerte normal.

Você pode curtir ou não. Você pode querer se divertir ou ter algo mais sério. É a velha procura por alguém que vai te fazer sorrir por algum tempo ou, quem sabe, ser sua companheira pro resto da vida. Tudo é uma questão de sorte.

— E você tem tido sorte?

— Acho que sim. Até agora não tive nenhum relacionamento mais sério. Nada que fizesse meu coração disparar, mas conheci muita menina legal. Saí com algumas, troquei ideias com outras...

Enquanto escutava as explicações do Andrei sobre seus encontros, percebi algo no seu jeito de refletir ou no seu tom de voz que ele não queria confessar. Meu primo, na verdade, era um romântico. Tinha um certo receio de dizer que como todos os habitantes do planeta Terra estava em busca do amor, de alguém com quem pudesse dividir sonhos e tornar a vida mais leve. Mas seria possível encontrar isso num aplicativo de celular, ao toque dos seus dedos?

E essa busca por encontrar alguém também não seria uma forçação de barra? Como escolher alguém somente pelo modo como ela se apresenta numa tela de celular? Como sair com alguém sem antes sentir o seu cheiro ou olhá-la diretamente nos olhos enquanto sente aquele frio na barriga e fica com as pernas bambas? Eram questionamentos que eu tinha enquanto pensava que além de não ser uma pessoa normal, eu também não parecia ser um sujeito muito moderno.

Fiquei pensando nisso até altas horas. De noite na cama, me virei de um lado para o outro sem conseguir me concentrar no livro que estava lendo. Resolvi então ouvir uma playlist do Spotify. Cliquei na ordem aleatória e começou a tocar "Eduardo e Mônica". Seria aquela música um sinal? A improvável história de amor entre um adolescente confuso e inseguro e uma universitária descolada e dona de si era uma das minhas canções favoritas da Legião Urbana. Era reconfortante pensar que um dia poderia encontrar alguém que mesmo com tudo diferente me completaria como feijão com arroz.

"Quem um dia irá dizer que existe razão nas coisas feitas pelo coração?"

Terminei de ouvir esses versos e joguei minha própria razão fora. Baixei o aplicativo. Durante algum tempo, fiquei passando por fotos de rostos desconhecidos. Nada me chamava muita atenção, mas de algum modo a brincadeira se tornou viciante. Era uma ação quase que automática ficar observando aquele desfile dos mais variados rostos. Quando dei por mim, tinha avançado noite adentro. Onde estava com a cabeça? Tinha que acordar dali a algumas horas para continuar ajudando nos reparos da casa. *Chega, vou dormir!*, disse para mim mesmo e deslizei uma última foto para a esquerda. Logo em seguida surgiu um rosto que, na hora eu não soube explicar o motivo, pareceu diferente de todos os outros.

Não era uma menina somente bonita. Se participasse de um desses concursos de beleza repleto de moças com seus sorrisos de dentes brancos, na certa seria desclassificada. Mas havia algo especial naqueles traços; nos cabelos castanhos escuros, lisos e cheios que deixavam cair uma franja de maneira descuidada sobre o olho esquerdo, jogando o foco no olho direito, de uma tonalidade amendoada, um olhar perdido e, ao mesmo tempo, profundo que parecia mirar o horizonte como quem se questiona sobre o sentindo de estar aqui. As maçãs do rosto coradas e levemente sardentas pareciam se completar em total harmonia com um nariz levemente arredondado que lhe dava um aspecto juvenil. O sorriso parecia ser um pouco tímido, como se tivesse sido pega desprevenida e não estivesse esperando pelo clique da foto. **Seu nome, Lily.**

Um nome que se encaixava com perfeição à imagem daquele rosto, que mais parecia um convite para uma brincadeira ingênua e descontraída. Brincadeira esta que poderia acontecer tanto numa tarde de sol num parque ou numa manhã de janeiro no litoral, mergulhando nas águas de um mar revolto.

Cliquei na foto principal, que se ampliou e mostrou a opção para ver a foto seguinte. Era a tatuagem de um coração com suas veias e artérias bem salientes. Um coração que parecia pulsar por cada segundo de vida. No seu perfil, além da idade, uma citação entre aspas.

"A nossa pálida razão
esconde-nos o infinito."

Ela havia aspeado um dos versos de Arthur Rimbaud, um dos meus autores favoritos! *É muito absurdo me apaixonar à primeira vista por uma foto no celular?*, me perguntei. *O que eu faço agora? Eu tenho que clicar nesse coraçãozinho aqui, né? Clicar no coração quer dizer sim que você está apaixonado por ela, ops, que você curtiu a foto dela, Chris, seu maluco! Pronto! Foi. Seriam os corações zinhos dos aplicativos de namoro as novas garrafas com bilhetes que atravessavam os oceanos? Quanto tempo demora pra eu ter uma resposta? Eu vou ter uma resposta?*

6

Mari
Tô passando aí.

Visualizei a mensagem da Mari assim que saí do banho.

Eu
Ok, em 15 min tô pronta.
Vc vai subir?

Mari
Não, te mando msg por aqui e vc desce.

O momento pedia agilidade. Eu ainda estava enrolada na toalha, mas a roupa já havia sido separada na véspera. Precisava só secar o cabelo e passar uma maquiagem básica. Abri o aplicativo e procurei em vão por uma playlist animada. Todas as playlists salvas no meu celular tinham um pezinho na melancolia. Alguém bateu na porta.

— Entra! — gritei.

Minha mãe entrou no quarto.

— Olha só! Vai sair? — perguntou animada.

— É, vou. A Mari tá passando aqui.

— Hum... A Mari já voltou de viagem? Sabia que tinha dedo dela... Só a Mari mesmo pra tirar você deste quarto.

— Não começa, mãe...

— Calma, Lily! Eu estava só brincando... Mas falando sério, eu tô muito contente de ver que você vai sair um pouco desse quarto. Vai ser bom você arejar a mente, conversar com alguém, ver gente nova. Onde vocês vão?

— Não sei. Uma balada nova em Pinheiros.

— Ai, filha... E essa música? Você tá saindo pra uma balada! Coloca uma música mais animadinha!

— Eu gosto, mãe. Deixa essa música!

— Não! Deixa eu ver o que tem aqui nessa sua playlist.

Não dei muita bola pra minha mãe. Sei muito bem que quando ela coloca alguma coisa na cabeça é difícil fazê-la mudar de ideia. Terminei de me enxugar e comecei a me vestir. De repente ouço um grito estridente e empolgado.

— Filha, o que é isso?

Vou até minha mãe para saber o que a deixou tão animada.

— Lily, minha filha! O que é isso? — ela diz apontando a tela do meu celular aberta num aplicativo de paquera.

— Ai, mãe! Não acredito que você mexeu no meu celular!

— O que é que tem? Você não precisa ter segredos pra mim. Eu sou uma mãe moderna. Você nem sabe o quanto eu fiquei feliz de ver que você entra nesses aplicativos...

Ela não completou a frase. Eu tomei o celular da mão dela.

— Isso é uma bobagem — falei. — Nunca deu em nada. Nunca vai dar em nada — concluí, desinstalando o aplicativo na frente dela.

— Não faz isso, minha filha! Você poderia encontrar alguém aí, hoje em dia as pessoas se conhecem assim. O filho da Marlene, sabe a Marlene aquela minha amiga da Cabala? Então... o filho dela conheceu a esposa assim. Uma americana da Flórida. Casaram e foram morar nos Estados Unidos. Hoje ele é diretor executivo de uma TV...

— Tá bom, mãe. Eu não vou poder ficar ouvindo muito essa história. A Mari tá passando aqui daqui a pouco, lembra? — entrei no banheiro para me trocar.

Pode parecer bizarro, mas até trocar de roupa na frente da minha mãe é um grande acontecimento, já que tenho que ouvir, no mínimo, uns dez comentários por minuto. "Você tá muito magra, tá muito gorda, e essas celulites, não tá usando o creme que eu te dei, depila um pouco essas axilas, tá muito branca, por que você não aproveita e vai pra nossa casa de praia em Ubatuba pra tomar um pouco de sol?"

— Nossa! Como você tá linda! — disse minha mãe quando saí do banheiro, minutos depois. — E tá usando a roupa que eu te dei de aniversário! Achei que você não tinha gostado, já faz uns meses que eu te dei, né?

— Eu só não tinha tido a oportunidade de usá-la, mãe. Mas é linda. Você tem muito bom gosto.

— Que bom que você gostou. — Parecia realmente alegre de me ver usando um presente escolhido por ela.

O telefone vibrou.

— É a Mari — avisei. — Tá lá embaixo me esperando.

Peguei minha bolsa e saí apressada. Antes de cruzar a porta, minha mãe me chamou mais uma vez.

— Divirta-se! — ela me disse. — E juízo, mas não muito! — e riu.

Desci até a calçada do prédio. Mari tinha estacionado do outro lado da rua. Entrei no carro... alguma coisa nela estava diferente. Acho que estava mais bronzeada, um pouco mais loira também.

— Lily! Como você tá gata! — soltou Mari, gritando, depois de trocarmos beijinhos.

— Obrigada! — respondi. — Você também tá lindona! E esse perfume? É novo, não é?

— Pelo visto seu faro continua ótimo. Você sabe que a minha perdição é um *free shop*. Vem cá, e o seu faro pros *crushes* anda tão aguçado quanto pros perfumes?

— *Crushes*? Do que é que você tá falando, Mari?

— Não se faça de desentendida, Lily! Você sabe muito bem do que eu tô falando. Do Fabrício. Ele também tá indo pra balada. E tá doido por você.

— O Fabrício é um fofo...

— Fofo? — me interrompeu com um gritinho. — O Fabrício é simplesmente o cara mais cobiçado de São Paulo. Vai começar o mestrado ano que vem e já assumiu o escritório de advocacia do pai. E a barriga? Você já viu a barriga tanquinho dele com aquelas duas entradinhas laterais?

Durante algum tempo, a Mari continuou enaltecendo as características físicas, intelectuais e materiais do Fabrício. Havia uma certa estranheza entre as meninas da turma sobre a minha recusa em ficar com ele. Na cabeça delas era inaceitável eu não estar a fim do cara mais disputado do momento. Os garotos também tinham um raciocínio parecido, mas há tempos vinham botando pilha no Fabrício para que ele desencanasse dessa obsessão – não sei se este é o termo mais apropriado – que ele nutria por mim.

Era comum eu ouvir frases do tipo "Essa mina tá se achando, ela nem é isso tudo" ou "O Fabrício não precisa passar por isso". Por *passar por isso* entenda-se *ter sua vontade contrariada*. Não era uma coisa comum para esses rapazes ver suas vontades não correspondidas. Também por isso eu vinha evitando sair com a galera. Parecia que minha presença criava um mal-estar entre todos eles, como se o fato de eu não ceder às investidas do Fabrício fosse um capricho e não a manifestação pura e evidente do meu desejo ou da falta dele.

E desse jeito eu acabava criando um impasse porque caras como o Fabrício não nasceram e foram criados para ouvir "não". Ficar comigo tinha se tornado uma questão de honra. Era só chegar num lugar onde ele estava para receber olhares atravessados das meninas – que não viam a hora de ele desencanar de vez para que pudessem dar mais alguns passinhos à frente na fila de pretendentes – e dos meninos – que já estavam cansados de serem postos na categoria de *stand-by* das garotas fascinadas pelo cara que não entendia por que eu era um dos poucos objetivos que ele ainda não tinha alcançado na vida.

Chegamos na balada. Havia duas filas quilométricas que, segundo as pessoas que estavam ali, se dividiam entre OPS (*Ordinary People*) e VIPS (*Very Important People*).

— Tem certeza que você quer entrar, Mari? — perguntei. — Olha o tamanho dessas filas. Tá mesmo a fim de encarar? Nós vamos passar, pelo menos, umas duas horas aqui.

— Tá louca, Lily? — resmungou Mari. — Desde quando eu sou mulher de ficar em fila?

— Eu já entendi isso. Mas a fila VIP também tá gigantesca.

— Você não entendeu nada. Existe o VIP e existe o VIP do VIP. O resto é *wannabe*, *honey* — disse, me pegando pela mão.

Fomos até a *hostess*, uma garota de maquiagem carregada e cabelos escovados.

— Nosso nome tá na lista — avisou Mari.

Os nomes foram devidamente confirmados. Antes de entrarmos, Mari gravou um vídeo em que se posicionava exatamente na frente de uma cerquinha que a separava da multidão para fazer parte da festa e postou no *stories* do Instagram. "Expectativa × Realidade", escreveu na legenda do vídeo.

Na pista, as pessoas pareciam felizes. O espaço não era muito grande, mas mesmo que fosse, não iria demorar muito para acontecer o que eu já vinha me preparando desde que botei os pés pra fora de casa. Fabrício veio ao meu encontro. Sem dizer nada, levantou seu copo num claro aceno ao meu – um mojito que Mari havia trazido do bar –, e nós dois brindamos não sei exatamente a quê. Ele estava empolgado, com um sorriso largo no rosto. Dançamos juntos por algum tempo numa rodinha com o restante da turma. Não era exatamente o tipo de som que eu curtia, mas aos poucos fui me deixando levar, afinal de contas tinha saído de casa pra me divertir, né?

Mas na terceira ou quarta música, não sei bem ao certo porque todas as músicas pareciam a mesma desde que eu havia chegado, não consegui mais disfarçar meu tédio. E mais uma vez me senti uma extraterrestre. Por que eu não dançava e bebia e sorria e tirava *selfies* como todo mundo? Por que tudo ao redor parecia ter tanta graça para os outros enquanto eu só pensava que deveria ter ficado em casa lendo o último capítulo do livro que comecei na semana passada?

Fui para um canto e, sem ter o que fazer, abri meu Insta. Todo mundo que estava ali já tinha postado suas fotos, que pareciam todas iguais, tudo parecia ter o mesmo filtro. Essas pessoas tinham se acotovelado lá fora, furaram fila, subornaram o segurança, deram a carteirada com número de seguidores nas redes sociais para estar ali. Pareciam alegres e, por um instante, quase acreditei que elas realmente eram felizes.

Olhei ao redor. A Mari tinha sumido. Aproveitei o momento em que o Fabrício foi até o bar e saiu um pouco da minha cola para procurar a área externa. Precisava tomar um ar. Minha tática de fuga não foi muito eficaz. Minutos depois, o Fabrício apareceu, com dois drinques na mão. Éramos só eu e ele.

— Peguei pra você — ele me falou. — Vi que você tava bebendo mojito lá dentro.

— Valeu — agradeci, pegando a bebida e bebericando aos poucos.

— Tá curtindo a balada?

— Tá legal, mas tô meio cansada — despistei. — Vou chamar um táxi, mas antes preciso avisar a Mari. Você viu ela por aí?

— Não. Já tem um tempinho que não vejo a Mari. Deve estar curtindo — e ele deu uma risada. — Por que você não faz o mesmo? Fica mais um pouco. Eu te levo pra casa.

— Não precisa, Fabrício. Não precisa mesmo.

— Lily, qual é o meu problema?

— Problema? Desculpa, não tô entendendo.

— Até as paredes desse lugar já sabem que eu sou louco por você. Há tempos que eu venho te cercando...

— Talvez seja isso — respondi. — Eu não gosto de cercas.

— Desculpa se eu tenho sido um pouco insistente — começou a falar depois de uma breve pausa. — É que a gente se conhece desde criança e sempre fomos próximos. Lembra de como a gente era grudado no condomínio? Lembra de como eu fiquei do seu lado quando o *play* inteiro deu risada por você ter feito xixi na calça?

Dei um sorriso com aquela conversa. Era uma lembrança distante, quase apagada.

— Fabri — continuei —, eu sei que a gente tem uma história muito legal juntos e que nossos pais são amigos, mas eu tô em outra agora.

— Outro cara?

— Não. Eu tô sozinha.

— Então por quê?

— Não sei. Essas coisas não têm explicação.

— Você sabe que eu sempre fui apaixonado por você, né? Desde a nossa primeira viagem juntos, lembra? Aquele réveillon que nossas famílias passaram juntas em Paris? Você tinha o quê, uns onze anos? A gente não se desgrudava, todo mundo botava a maior fé de que a gente ia namorar, casar... Nossos pais sempre fizeram gosto...

— Gosto do quê, Fabri? — eu o interrompi. — Nunca aconteceu nada entre a gente. Não viaja.

— Mas poderia ter acontecido. A gente tinha tudo pra viver uma história encantada. Príncipe e princesa.

— Histórias encantadas não existem — disse, um pouco brava.

Fabrício queria continuar a conversa, mas tive que pará-lo. Bem atrás da gente, vi a Mari com um cara. Estavam encostados numa palmeira, ao lado de uma piscina. Senti algo estranho naquela cena e fui até os dois. Quando cheguei perto, percebi que Mari havia exagerado na bebida e estava meio tonta, e o cara se aproveitava da situação, abaixando a alça da sua blusa.

— Posso saber o que está acontecendo aqui? — perguntei, um pouco acima do tom.

— Eu é que pergunto — foi a resposta do rapaz. — Quem é você?

— Eu sou a melhor amiga da Mariana, essa garota de quem você tá tentando se aproveitar.

— Vem cá, qual é o seu nome? — me perguntou o sujeito.

— Lily.

— Lily, você não acha que a sua amiga já é bastante grandinha pra precisar de babá?

— Cara, na boa, a Mari é adulta, mas pelo visto ela passou um pouco da conta, e qualquer cara gente boa teria percebido isso. Ela não tá conseguindo se manter em pé.

O cara não terminou de me ouvir. Soltou a Mari, que caiu no chão, e veio pra cima de mim.

— Sabe o que eu tô achando? — ele chegou bem perto, parecia alterado. — Que você tá com inveja da sua amiguinha. Mas não fica triste, não, que eu sou um rapaz bem generoso. Posso dar pra você o mesmo que eu ia dar pra ela.

— Fica longe de mim! — eu gritei.

— Qual é, gatinha? Não tá a fim? — ele apertou meu pulso e pude sentir o hálito de bebida dele na minha cara.

— E aí, parceiro? Tá a fim de encarar alguém do seu tamanho?

Fabrício chegou encarando. O sujeito mal teve tempo de olhar para os lados e recebeu uma de direita certeira que o deixou caído no chão.

— Fabrício! — gritei assustada. — Não precisava fazer isso.

— Como não precisava, Lily? O cara tava em cima de você, ia te atacar.

— Na verdade, ele ia atacar a Mari. Tá bom. Vamos embora daqui. A Mari tá bêbada. A gente precisa ajudá-la.

— E deixar esse cara assim? Sem uma lição? Vou chamar meus *bróders*. Esse cara vai se arrepender da hora de ter nascido.

— Não! — gritei. — Eu não quero mais saber de violência por hoje!

— Lily — continuou Fabrício — esse cara tava tentando algo com a Mari. Isso é crime! Ele precisa de uma lição.

— Sim. A gente vai denunciar esse idiota, mas fazer justiça com as próprias mãos não é o melhor caminho. Vamos embora daqui. A Mari precisa de ajuda.

* * *

Eram quase seis da manhã quando o Fabrício me deixou em casa. O dia já estava amanhecendo e eu só pensava em ir para a minha cama e dormir uns dois dias seguidos para esquecer a noite horrível. A Mari acordou logo depois de toda a confusão. Deixamos ela em casa sã e salva e fomos pruma delegacia para abrir um B.O. contra o sujeito. Tínhamos todos os dados necessários. Não foi muito difícil sacar o RG dele, que também tinha apagado por causa do soco que levou. Não sei se era a coisa certa a fazer, mas o fato é que esse cara quase passou do ponto com a minha amiga e eu não podia deixar esse episódio passar batido. Ele, como qualquer outro cara, teria que aprender que quando uma mulher diz não, é não.

— Bom... Eu vou nessa — disse assim que o Fabrício parou o carro em frente ao meu prédio.

— Você ainda tá brava comigo?

— Não. Acho que não.

— Acha que não? Lily, o cara tava com a mão em cima de você. E tava agressivo. Quando eu vi aquilo, não me segurei. Eu parti pra cima dele.

— Eu entendo o seu ponto de vista, Fabri. E sei que você agiu com a melhor das intenções, é que qualquer violência me deixa um pouco assustada. Mas eu quero te agradecer por tudo. Mesmo. De coração. Se não fosse por você, eu nem sei o que poderia ter acontecido. Você foi um anjo. Um anjo torto, mas mesmo assim um anjo.

— Não é bem essa imagem que eu queria que você tivesse de mim. Anjos costumam ser muito...

Ele não continuou a frase.

— Muito? — perguntei.

— Ah, sei lá. Bonzinhos, né? Anjos são bonzinhos demais.

— E não é assim que é a nossa relação? Você é como um irmão pra mim.

— Queria ser outra coisa.

— Melhor a gente deixar essa conversa pra outro dia. Vou descer, eu tô cansada — disse enquanto tocava na maçaneta da porta do carro.

— Não vai me dar nem um beijinho de bom dia? — ele me perguntou.

Me aproximei do seu rosto para dar um beijo de despedida. Ele se virou e me beijou na boca. Tentei resistir a princípio, mas acabei cedendo, não sei se por uma espécie de gratidão por ele ter sido o meu herói, ou se porque estava realmente gostando. A segunda opção é a mais provável. Foi um único e demorado beijo. E foi bom.

7

— Passou voando — disse o meu pai, duas semanas depois de nossa chegada. De fato, eu também não tinha visto o tempo passar. Tudo acontece muito rápido numa metrópole. Duas semanas aqui e já deu pra perceber que o ritmo é outro, bem diferente do de Garça. Em São Paulo eu não acordo tranquilamente e leio os portais de notícia enquanto assopro uma xícara de café preparado pela minha mãe. Muito pelo contrário: ao primeiro toque do despertador, eu já me coloco de pé e fico de prontidão para a batalha de todos os dias.

E tenho que confessar uma coisa: eu gosto disso. Gosto de saber que existe um mundo lá fora que meus olhos não alcançam nem nunca vão alcançar completamente. Tenho vivido uma rotina insana desde que cheguei aqui. Não estou estudando e ainda não arrumei um trabalho, mas gosto de acordar cedo todos os dias para me pôr em movimento.

O mundo movimenta.

Minhas manhãs têm se resumido a basicamente ler os classificados, me cadastrar em sites de emprego e enviar currículos. À tarde saio pela cidade para distribuir os currículos pessoalmente e à noite ajudo meus pais com os afazeres domésticos. No finalzinho do dia, ainda encontro um tempo para estudar para a próxima etapa da bolsa do curso de Nova York. Hoje deveria ser mais um dia em que as coisas aconteceriam da mesma maneira, não fosse pelo fato de que fui fazer minha primeira entrevista de emprego para trabalhar em uma livraria de um shopping. O salário não é tão alto, mas tenho que confessar que um cotidiano cercado de livros me deixa bastante empolgado.

Não falei com os meus pais sobre a entrevista. Preferi manter em segredo, já que ainda não sei qual vai ser o resultado e não gosto de criar expectativas. Já estava na porta de casa quando me lembrei de voltar e pegar meu livro de contos do Poe. Tenho tentado terminar o livro desde que saí de Garça, mas essa cidade... essa cidade não para!

— Filho! Tem um tempinho? — gritou meu pai quando eu estava prestes a sair. Respondi que sim, já que tinha me programado para chegar um pouco mais cedo na livraria e dar uma olhada nos títulos.

— Eu queria aproveitar que sua mãe está na casa dos seus tios para ter essa conversa com você — começou a falar.

— Aconteceu alguma coisa? — perguntei enquanto me sentava. — Quer dizer, alguma coisa que eu já não saiba? Eu sei que o estado de saúde...

— Não — meu pai me interrompeu antes que eu começasse a fazer especulações. — O estado de saúde da sua mãe continua o mesmo, o que quer dizer, em estado de atenção. Por isso, eu preferia que ela não estivesse aqui, porque não quero que ela tenha nenhum tipo de preocupação. E o que eu tenho pra te dizer é preocupante. É sobre as nossas finanças. Já tem um tempinho que as contas da padaria em Garça não saem do vermelho... e as coisas tendem a se complicar ainda mais agora que nós nos mudamos pra São Paulo. As despesas têm aumentado muito e...

— Pai, eu tô procurando emprego — disse, interrompendo-o.

— É exatamente sobre isso que eu quero falar — ele foi direto. — Apesar de a gente estar numa situação ruim, eu não quero que você deixe de estudar. Tudo isso vai passar. E quando a saúde da sua mãe melhorar e as coisas estiverem em ordem, eu quero te ver estudando numa boa universidade, feliz, realizado.

— As coisas não são tão simples assim — eu tentei argumentar.

— As coisas podem não ser simples, Chris. Mas abrir mão dos seus estudos está fora de cogitação. Então trate de se inscrever numa boa faculdade, mesmo que o mundo desabe sobre nós. Sua mãe me disse que você não conseguiu entrar no curso de Letras que tanto queria.

— É... depois a gente conversa melhor sobre isso, pai. Agora eu tenho que ir pra uma entrevista de emprego.

Estava me despedindo quando Andrei entrou na sala. Percebi uma espécie de pacto entre eles quando se entreolharam e começaram a falar do curso de Letras da faculdade em que o meu primo se formou e hoje dá aula.

— Você chegou na hora certa, Andrei! — disse o meu pai. — Não foi você que me falou que com a nota que o Chris tirou no Enem, dá pra ele conseguir uma bolsa na faculdade onde você trabalha?

— Isso mesmo, tio! — concordou Andrei. — Aliás, Chris, você ficou de passar na facul comigo semana passada e me deu um bolo, hein?

— Primo, eu tô de saída agora. Será que dá pra gente conversar mais tarde? Não quero e nem devo me atrasar pra minha primeira entrevista de emprego, né?

Saí apressado enquanto meu pai e o Andrei ficaram conversando. Era óbvio que eles estavam me pressionando para que eu fizesse logo minha inscrição no curso de Letras. Essa era uma ideia muito interessante, há dias vinha pensando nessa possibilidade. Mas eu precisava correr atrás de alguma renda para ajudar em casa. Meus pais sempre me ajudaram da melhor maneira que puderam. Mas não é justo que eu continue sendo poupado dos problemas quando tudo ao redor começa a perder o rumo.

Meus pais perderam a cidade, a casa e estão prestes a perder o negócio que eles possuem desde que eu me entendo por gente. A saúde da minha mãe exige cuidados redobrados. Eu não posso fingir que nada está acontecendo e esperar por uma mesada no fim do mês para pagar as minhas contas. Um emprego neste momento me ajudaria a pagar a mensalidade do curso, já que a bolsa não é integral.

Seguindo nesse intuito, cheguei à livraria uns vinte minutos antes do horário marcado e me informei sobre onde seria realizada a entrevista. Um dos atendentes me indicou um auditório. E foi só nesse momento que eu descobri que se tratava de um complexo processo seletivo que incluía, além da entrevista, dinâmica de grupo e prova escrita. Havia uma fila de umas trinta pessoas esperando, dentre as quais, apenas duas seriam escolhidas. Participei de todo o processo e voltei para casa. De qualquer forma entrariam em contato; por telefone, caso fosse aprovado, ou por e-mail, caso não tivesse conseguido a vaga.

Passei os dias seguintes à espera do toque do meu celular. Enquanto isso, voltei a estudar com mais vontade para a bolsa do curso nos Estados Unidos. A próxima etapa consistia numa prova sobre autores clássicos da literatura norte-americana e uma análise semântica de *A letra escarlate*, tudo isso escrito em inglês. Andrei me ajudou bastante nesse momento e até me indicou alguns filmes, dentre eles, a adaptação do livro para o cinema. Foi um bom método para que eu conseguisse me distrair um pouco da ansiedade pra resposta do *job*, que só chegou alguns dias depois. Por e-mail.

— Não fica assim. Foi seu primeiro processo seletivo. Daqui a pouco vêm outros. — Andrei tentou me consolar. Ele estava comigo quando abri o e-mail e percebeu minha cara de decepção.

— Tomara! — respondi. — Eu preciso arrumar logo um trabalho. Tô preocupado!

Mal terminei de dizer essa frase e escutei a porta de casa bater. Era meu pai que entrava cantarolando.

— Que alegria é essa? — perguntei.

— Arrumei um trabalho — soltou num sorrisão de orelha a orelha. — Vou começar a trabalhar como garçom com seu tio Eduardo. Eles estavam precisando de gente e seu tio me indicou.

— Precisando de gente? — perguntei. — Ainda estão precisando?

— Acho que sim, meu filho, mas por que...

— Eu vou falar com o tio Edu. Pai, eu também posso trabalhar como garçom. Eu tenho experiência, te ajudei a vida inteira na padaria.

— Nem pensar, Chris! — brigou meu pai. — Você vai estudar! Achei que essa conversa já estivesse esclarecida.

— Pai, eu posso conciliar os dois. De repente, eu pego um *freela*... não precisa ser fixo. O tio tinha me falado que rola muito! Trampo de fim de semana ou algumas vezes à noite. Um monte de gente faz isso.

— Mas você é teimoso, hein, menino?

— Tenta entender o meu lado, pai. Eu vou me sentir melhor assim. Vou lá na casa do tio agora perguntar...

— Não precisa — disse meu pai. — Seu tio já conversou comigo e disse que se você quisesse, teria vaga pra você também.

Antes que eu começasse a vibrar com a notícia, meu pai me alertou:

— Ó, você vai pegar o trabalho de garçom, mas tem aí duas condições.

— Diga lá, seu Wanderley. — brinquei.

— A primeira é que vai ser um *freela*, como você mesmo disse. Uma vez ou outra. Os seus estudos são prioridade.

— E a segunda?

— É justamente essa. Andrei, pega logo esse garoto e leva ele pra faculdade pra fazer essa bendita inscrição.

* * *

Não demorou muito e eu recebi a resposta da faculdade. Minha pontuação garantia uma vaga no curso de Letras já para o início do próximo semestre, o que queria dizer, dali a alguns dias. Como bem disse meu pai, era questão de tempo até as coisas entrarem nos trilhos. Eu já me sentia bem adaptado à nova vida paulistana, meu pai tinha começado um novo trabalho e minha mãe recebia um atendimento de primeiro mundo no hospital.

É claro que, vez ou outra, meu peito se enchia de uma angústia que tomava conta dos meus pensamentos, principalmente quando pensava que meu pai estava enrolado com os negócios em Garça e que a fila do transplante parecia não andar. Nessas horas, eu me lembrava do rosto dela. *Por onde andará Lily?* Pelo visto, ela não tinha me curtido, já que o grande e esperado *match* nunca havia chegado.

Adormeci pensando nela e acordei com uma sensação boa. Abri a janela do meu quarto e dei de cara com um céu impressionantemente azul para um dia de inverno.

Antes de tomar o café, acendi um incenso e deixei o cheiro se espalhar pelo meu quarto. Já sentado à mesa, recebi a boa notícia do meu pai.

— Tá livre hoje à noite? — ele me perguntou.

— Tô — respondi de pronto. — Não tenho nada de importante pra fazer. Por quê?

— Vai ter uma festa aí da *high society*. Bodas de prata de um casal grã-fino. Estão precisando de garçom no bufê. Quer ir?

— Se eu quero ir? É claro, né, pai! Já te falei que qualquer *freela* que aparecer nesse momento é bem-vindo.

— Fechado então. A festa tá marcada pras nove. Mas às sete a gente já tem que estar lá. Tô saindo agora pra ajudar seu tio num outro trabalho. Te envio o endereço por WhatsApp.

Meu pai se despediu de mim e da minha mãe, e saiu. Passei a tarde estudando. Entre uma leitura e outra para o meu próximo exame, não consegui tirar um pensamento da cabeça. *Esperar em vão, por qualquer coisa, não era mesmo algo muito animador*. Por isso, resolvi me concentrar com mais vontade nas minhas análises textuais e, desse modo, quando vi já estava na hora de me mandar. Tomei uma ducha rápida e saí deixando um beijo estalado na bochecha da minha mãe, que ficou ali quietinha na poltrona esperando sua novela começar.

Às sete em ponto, cheguei ao clube onde a festança iria se realizar. Eu e meu pai, assim como todos os outros funcionários, trocamos de roupa e vestimos um uniforme. Por determinação superior, deixamos também os celulares nos armários. O que a gente não podia perceber – só ficaríamos sabendo do ocorrido horas depois – é que enquanto escutávamos atentos as regras do trabalho, nossos celulares vibravam sem parar. Do outro lado da linha, minha mãe pedia por socorro. O que começou com uma fisgada no peito, desencadeou uma taquicardia. Caída no chão, ela pedia por auxílio. Antes de apagar, ela puxou a toalha da mesa, quebrando copos e a enorme fruteira de cristal que tinha ganhado de presente de casamento dos meus tios.

8

— Poxa, Lily! Isso são horas? — reclamou minha mãe assim que me viu. Logo em seguida, me puxou pelo braço enquanto sorria e cumprimentava com alegria todas as pessoas com quem cruzava. Eu tinha saído de casa dentro do horário, mas acabei me atrasando uns vinte minutos, o que poderia ser considerada uma demora normal, levando-se em conta o trânsito desta cidade. Mas para dona Renata a ausência de sua única filha durante os primeiros vinte minutos do evento mais importante da sua vida era uma falha sem perdão. Se dependesse dela, eu deveria ter me comportado como os fãs fanáticos de uma banda que passam dias acampados em frente ao local do show e são os primeiros a entrar quando os portões são abertos; chegam correndo na primeira fileira e gritam pelo nome do ídolo, encostados à grade, histéricos.

— Relaxa, mãe! Tô aqui — falei, baixinho, enquanto sorria e cumprimentava pessoas que não conhecia.

— Eu falei pra você vir no carro comigo. Mania essa que você tem de não me escutar.

— Mãe, se você continuar desse jeito, a gente já pode emendar as bodas de prata com o velório. Respira, respira senão você vai ter um ataque cardíaco. Cadê o papai?

— Foi atrás de uma gim-tônica pra mim, já deve tá voltando.

Avistei meu pai no meio do salão. Ele trazia o drinque numa das mãos. Era um homem muito bonito para os seus cinquenta e poucos anos. O cabelo levemente grisalho, algumas rugas ao redor dos olhos e marcas de expressão na testa se contrapunham a um corpo atlético.

— Minha filha! Como você tá linda! — soltou, antes de entregar o drinque de mamãe.

— Posso dar uma volta? — perguntei depois de passar um tempo distribuindo sorrisos e beijinhos aos convidados.

— Só mais um minutinho, minha filha — insistiu minha mãe e começou a falar sobre um assunto que, eu sabia, não demoraria a aparecer. — A Mari me disse que o Fabrício ainda continua apaixonado por você. Eu já te disse o quanto faço gosto dessa relação, né?

— Que relação, mãe? Eu e o Fabrício somos amigos, nada mais do que isso.

— Desde novinhos vocês formam um belo casal — continuou sem me dar ouvidos. — Você sabe que se você dispensar um partidão desses, logo, logo, ele arruma outra.

— Partidão? Mãe, em que século estamos? Você fala como se eu fosse uma personagem de Jane Austen. Daqui a pouco só falta oferecer um belo dote pra família do Fabrício pra que ele possa casar comigo.

— Nós podemos não fazer parte de um romance vitoriano, Lily, mas certas coisas não mudam nunca. Um bom casamento, por exemplo, é uma coisa que nunca vai sair de moda.

— Por bom casamento eu devo entender um casamento entre pessoas ricas, do mesmo nível social.

— Tá vendo como você não é tão ingênua assim? Quando quer, você pega rápido as coisas. A vida pode ser bem difícil sem uma boa fortuna.

Fiquei mais um tempo ao lado dos meus pais, cumprindo o protocolo até que a pista de dança começou a encher. Foi a deixa para que eu desse uma circulada pelo ambiente.

— Lily! — escutei a voz da Mari me chamando. Me virei e dei de cara com minha amiga. Ela estava exaltada, dava pulinhos de euforia. Por instantes, me perguntei se estava acontecendo algo de extraordinário, mas percebi que não. Mari era naturalmente feliz, não precisava de um motivo especial para viver numa eterna sensação de alegria.

— Você viu quem já chegou? — ela me perguntou.

Eu não tinha visto, mas não precisava para saber de quem ela estava falando.

— O Fabrício tá na pista e tá um gato. Vamos dançar!

Fui andando atrás da minha amiga. Não havia motivos para fugir de um encontro com o Fabrício. Estávamos no mesmo lugar e acabaríamos nos encontrando mais cedo ou mais tarde. Além do mais, eu tinha ficado um pouco mexida com nosso último encontro. Um remix de "Kiss me" do Ed Sheeran embalava a pista, e o Fabrício aproveitou a deixa da letra para fazer uma gracinha. Me pegou pelas mãos e começou a cantar enquanto me olhava diretamente nos olhos:

"Kiss me like you wanna be loved
You wanna be loved, you wanna be loved
This feels like falling in love."

Sorri com a brincadeira e continuamos dançando por um tempo. O DJ parecia ser bem eclético e na sequência colocou pra tocar um pancadão e vários outros hits que as pessoas sabiam de cor e cantavam sem parar. A pista encheu de tal modo que ficou inviável continuar ali. Chamei o Fabrício para dar uma volta. Fomos até o lado de fora. Ali, ao lado da piscina, o ambiente estava relativamente calmo. Sem pisões no pé, sem ninguém derramando bebidas, apenas um ou outro garçom passava de vez em quando nos oferecendo algum drinque ou petisco.

— Tá animada a festa, né? — comentou o Fabrício.

— Parece que sim. Ainda bem. Há meses a minha mãe não tem outro assunto que não essa festa.

— A tia Renata é uma figura.

— É... digamos que sim.

— E você? Tá melhor depois do susto na balada? A gente quase não se falou depois disso. Você não responde as minhas mensagens. Devia existir um projeto de lei que proibisse visualizar as mensagens e não responder.

— Foi mal. Eu tenho ficado um pouco *off*. Sei que pode soar estranho, mas eu preciso me desconectar um pouco. Não tenho nem mais entrado no Face. Vejo o Insta uma vez ou outra...

— Eu percebi — falou. — Poxa! Mas mensagem é diferente! Não custa nada. Um emoji! Aquela carinha coradinha, sabe? Uma carinha coradinha vindo de você vai deixar meu dia mais feliz.

— Tá bom. Eu prometo que se não tiver fazendo nada mais importante, te envio um emoji — respondi, brincando.

— Nossa! Quanta honra. Receber um emoji da mulher mais misteriosa do planeta — brincou Fabrício.

— Misteriosa, eu? Quem dera! Eu não sou misteriosa. Sou discreta. A mulher mais discreta do mundo: essa que não tem nenhum segredo.

Neste momento, escutamos um barulho de vidro se quebrando. Olhei para trás, um garçom pediu desculpas enquanto se abaixava para catar os cacos de uma taça que ele havia derrubado.

— É só um garçom — observou Fabrício.

— Vamo entrar. Minha mãe deve tá louca, me procurando – completei.

Ele fez que sim e seguimos para o salão. Antes, porém, ele me puxou para perto do seu corpo. Pude sentir sua respiração ofegante. Seus olhos me encaravam com tanta devoção que me senti desconfortável. Tentei me desvencilhar, mas acabei cedendo ao beijo.

— Eu realmente tenho que entrar — disse, por fim, me soltando.

Dei um beijo no rosto de Fabrício e segui de volta para a festa. Ele insistiu para que eu ficasse um pouco mais e se chateou quando eu fui firme e disse que *eu realmente precisava voltar.* Enquanto me encaminhava para a festa, me senti um pouco culpada. Parecia que eu estava incentivando um jogo do qual eu não queria participar. Minha situação com o Fabrício não era simples. Ele era um cara legal, bonito, viajado, a gente se conhecia desde criança. Não havia motivos para as minhas recusas aos apelos dele. Pelo menos nenhum motivo racional. **Mas eu precisava ouvir o meu coração.**

E o meu coração não me dizia nada. Nenhuma pulsação mais acelerada. Nada.

De volta ao salão, sentei à mesa com meus pais. Minha mãe tratou logo de ir me perguntando onde eu tinha estado aquele tempo todo. Notei sua satisfação quando eu respondi que estava com o Fabrício. As pessoas não paravam de vir até a nossa mesa. Minha mãe era sempre muito atenciosa com todos, me apresentava e dizia um texto que seguia mais ou menos o *script*: "Lily, minha filhinha do coração, acabou de entrar na faculdade de cinema, vai ser artista, mas tem que deixar fazer o que gosta, né?, o importante é ser feliz". Eu não via a hora de toda aquela festa terminar. Queria chegar logo em casa, tirar os sapatos que estavam acabando com os meus pés, cair na minha cama e dormir. Decidi olhar as horas no celular... meu celular! Havia esquecido na mesa do lado de fora enquanto estava conversando com o Fabrício. Avisei meus pais e voltei para buscar o aparelho.

Quando cheguei ao local onde provavelmente eu o havia deixado, tive uma surpresa. Estavam ali, aos beijos, Fabrício e Mari. Apesar de não ter nenhuma intenção romântica com o Fabrício, fiquei um pouco abalada com a cena. Foi estranho ver aquele cara – que há tempos vive me cercando e diz que não consegue me tirar da cabeça – beijando a minha melhor amiga que, por sua vez, é a pessoa que mais bota pilha para que eu dê uma chance pra ele. Avistei o celular. Ele estava realmente onde eu pensei. Tentei me recompor e recuperá-lo discretamente, sem chamar a atenção, mas Mari me viu quando eu estava quase alcançando o telefone.

— Eu esqueci meu celular aqui fora — avisei, enquanto pegava o aparelho e já dava meia volta.

— Lily! — Mari gritou e veio atrás de mim. — Amiga, isso que você viu...

— Relaxa, Mari! — esclareci. — Eu e o Fabrício não temos nada. Nunca tivemos nada. Tá tudo bem.

— Ele é apaixonado por você. O que você viu foi só um beijo sem importância. Coisa de química que rolou entre a gente. Nada mais do que isso. Você sabe como eu sou, né?

— Tá tudo bem — eu repeti. — Mesmo — completei e saí.

De volta à mesa, não consegui disfarçar minha inquietação que logo foi captada pelo radar atento da minha mãe.

— Aconteceu alguma coisa? — ela me perguntou.

— Não. Nada — respondi, tentando ser convincente.

— Quem não te conhece, que te compre, Lily! Foi lá fora buscar o celular e voltou pálida como uma alma penada! O que foi que você viu?

— O Fabrício e a Mari. Aos beijos — disse pausadamente numa tentativa de assimilar o ocorrido.

— Eu sabia — soltou a minha mãe.

— Como assim "eu sabia"? Já tava rolando alguma coisa entre o Fabrício e a Mari?

— Não é nada disso, Lily. Mas eu já tinha te avisado. O Fabrício é um partidão, minha filha. Um homem como ele não fica muito tempo dando sopa. Tá assim de mulher atrás dele, como moscas — fez um sinal com a mão.

Olhei ao redor. O clube ainda estava lotado. Pelo visto, a noite ia ser longa. Minha mãe tinha começado um papo sobre como identificar se uma bolsa era realmente de grife ou uma cópia.

— Essa, por exemplo! — me mostrou uma bolsa que estava a tiracolo numa mulher que caminhava na nossa direção. — É verdadeira! E custou os olhos da cara! Quem é essa mulher? E como ela conseguiu essa bolsa? Eu tentei comprar, mas essa coleção acabou de sair. Ainda não chegou aqui no Brasil. Ela deve ter acabado de voltar de Paris.

Minha mãe começou a encarar a bolsa da convidada. Por instantes, meu pensamento voou para longe e comecei a imaginar uma cena em que a qualquer momento sairia um raio laser dos olhos de dona Renata. Ele atingiria em cheio a bolsa daquela mulher, que começaria a se incendiar. Estava tão absorvida pelos meus pensamentos que demorei a prestar atenção na moça. "Quem é essa mulher?", tinha perguntado a minha mãe. Era a mesma pergunta que eu me fazia. *Quem era a ruiva que apareceu com uma bolsa Louis Vuitton a tiracolo e que enfureceu metade das mulheres presentes no salão?* Era a mesma mulher que, algumas semanas antes, passeava de mãos dadas com meu pai, olhando vitrines num shopping de luxo.

— Patrícia Medeiros.

Meu pai tinha acabado de apresentá-la à minha mãe. Era sua dentista.

— Ah, o Alexandre me falou muito bem de você. Você não sabe como ele tem recomendado esse tratamento de porcelana, não é, Lily?

Quando minha mãe se virou, eu já devia estar a metros de distância. Não conseguiria fingir simpatia naquele momento. O sangue me subiu à cabeça. Estava com ódio do meu pai. Naquele instante eu só pensei em sumir. E foi isso que eu fiz.

9

— Chris, prepara um gim-tônica aqui pro doutor! — gritou o meu pai enquanto saía com uma bandeja com taças de vinho branco.

O doutor, no caso, era seu Alexandre, o dono da festa, o cara que estava bancando toda aquela comilança para mais de quinhentos convidados. Comemorava sua união com a esposa, Renata. Tinha visto o nome do casal nas lembrancinhas distribuídas por todas as mesas.

Será que eu ainda me lembro de como se faz um gim--tônica?, me pergunto enquanto recordo a experiência de bartender nas festas no interior, onde a maioria absoluta da galera prefere uma cerveja gelada a esses drinques diferentões. Um copo com bastante gelo, cinquenta mililitros de gim, cento e vinte mililitros de água tônica e um pouquinho de raspas de laranja e limão-siciliano pra dar aquele toque especial. Pronto. Não foi tão difícil.

Entrego a bebida para o seu Alexandre, que sai apressado à procura da mulher. Um outro garçom aparece para ficar no bar, já que essa não é minha especialidade, e eu vou para a cozinha em busca de bandejas. Vejo duas longas mesas. Numa delas está disposta uma variedade infinita de quitutes e canapés. Na outra, bebidas das mais diversas.

— Mais vinho! Mais vinho! — grita o gerente do bufê. Pego uma bandeja de vinho e saio apressado porta afora.

No salão, recomponho minha postura. Nada de afobação. A minha função hoje se resume a ter o mínimo exigido de equilíbrio, não deixar que nenhum dos convidados reclame da demora do serviço – e quanto mais bebem, mais desesperados ficam pelo próximo drinque –, manter uma aparência neutra enquanto escuto algumas conversas secretas, recolher as taças, os talheres e os pratos usados. Tudo isso com discrição, típica dos empregados uniformizados que passam despercebidos por essas pessoas.

De repente, ouço uma voz um pouco ardida gritar: Lily!

Que coincidência, penso enquanto paro por um instante. Com tantos nomes no mundo, o primeiro que ouço na festa é justamente o nome da menina que já há alguns dias não me sai da cabeça. Olho na direção da voz. Uma menina bronzeada de cabelos loiros bem claros conversa com a garota que se chama Lily, que está de costas pra mim. Estão a alguns passos do meu alcance. Mesmo sendo praticamente impossível a Lily que está na festa e a Lily que vi no aplicativo serem a mesma pessoa, acelero os movimentos para tirar minha dúvida. No caminho, uma senhora me estende sua taça vazia. Paro para encher e, quando volto meu olhar para Lily e sua amiga, elas já não estão mais ali. Tiro essa ideia maluca da minha cabeça e sigo em frente. *Você está aqui para trabalhar, Chris*, repito mentalmente.

A festa parecia cada vez mais animada. Muitos convidados chegavam o tempo todo. A pista de dança lotou com um ritmo pancadão tocado pelo DJ. Segui numa correria noite adentro. O gerente deu uma ordem para parar um pouco com a bebida, já que a entrada começaria a ser servida.

— Bebida na área externa continua — disse, e me passou uma bandeja.

Fui para a parte de fora. Estava uma noite bastante agradável. O clube era arborizado, e alguns casais conversavam à beira da piscina. Percebi que a Lily, cuja amiga chamou no salão, estava ali. Conversava com um rapaz alto, de porte atlético, barba bem-feita, cabelinho de topete com gel. Ainda não conseguia ver o rosto dela, já que, mais uma vez, ela estava de costas para mim. Mas agora as coisas estavam mais tranquilas e eu poderia enfim vê-la de frente. Quando me aproximei do casal, escutei uma voz feminina, grave, um pouco rouca, dizer que era "a mulher mais discreta do mundo: essa que não tem nenhum segredo". Meu coração disparou, minhas pernas tremeram. Deixei uma taça cair. O casal se virou. Era mesmo a Lily e ela tinha acabado de dizer um trecho de um dos meus poemas favoritos da poeta Ana Cristina Cesar.

Fiquei completamente desconcertado. Não sabia o que fazer e para onde ir. Abaixei para catar os cacos. Estava literalmente aos pés de Lily. Por instantes pensei que não era uma simples coincidência a menina que, sem saber, tinha mexido tanto comigo estar ali, tão perto de mim. Mas o que seria então? Acaso? Destino? Que nome dar a esse encontro que nem sequer aconteceu? Eu a espio e a admiro. Tão perto e tão longe ao mesmo tempo. Talvez tenhamos muito em comum. Ela poderia gostar dos mesmos poetas que eu, e passaríamos tardes inteiras conversando. Por outro lado, eu tenho que cair na real e saber que ela nem sequer sabe que eu existo. Ela faz parte de um outro mundo. Um mundo ao qual eu não tenho acesso. Ela é a moça mais bonita da festa. Eu sou o garçom.

Termino de juntar os cacos e volto para dentro. Antes, me viro e vejo quando ela e o rapaz se beijam. Sinto uma pontada no peito, uma dor que me corta profundamente, e chego à conclusão de que não estou bem. Apaixonado por uma garota que nem sabe que eu existo! Uma garota que eu também não sei quem é. Sei como é o seu rosto, sua voz, o seu perfume e mais algumas frases soltas que eu li ou ouvi. O resto é invenção. Ficção. Mas não é isso que eu quero fazer da minha vida? Inventar coisas, criar mundos?

Alguém da equipe me chama. Vão começar a servir o prato principal. Volto pra Terra e ponho na cabeça que Lily está num planeta e eu em outro. Eu a inventei para aliviar um pouco minhas preocupações. Funcionou e foi bom por um tempo, mas agora eu preciso seguir na vida real.

O trabalho do resto da noite ocorreu num ritmo alucinado. Na cozinha um burburinho dá conta de que Lily, a filha do casal, sumiu. "Sumir assim na festa dos pais, essa menina deve ser meio rebelde." Depois do jantar, servimos os docinhos, bolos e tortas doces; o café começou a ser oferecido numa mesa com sequilhos e outros petiscos. Já eram quase três da manhã, quando, enfim, fomos todos liberados. Pudemos então nos servir. Cada um fez o seu pratinho. Estava todo mundo morrendo de fome. Me servi de uma massa ao molho branco, peguei alguns docinhos, um copo de guaraná e me sentei numa escada. Olhei para cima e vi a porta do terraço aberta. Subi uns quatro lances de escada. Resolvi comer lá em cima enquanto observava a vista da cidade.

O prédio do clube não é muito alto, mas a vista de cima do terraço é incrível. São Paulo à noite é uma imensidão de luzes a perder de vista. Olhei para a paisagem e fiquei imaginando o que move toda essa gente, o que as faz querer viver nesse lugar. Das pessoas espremidas em vagões de metrô aos executivos que transitam em táxis aéreos, o que essas pessoas têm em comum? Só tenho uma resposta possível. **Todo mundo tem um sonho.** E, como disseram Frejat e Cazuza, quem tem um sonho não dança. Dispersei com meus pensamentos, demorei um pouco para perceber um barulho estranho. Ouvi alguém chorando. Olhei para trás e vi Lily à beira do parapeito.

— Lily!

Deixei a comida num canto e a chamei, tentando impedir que ela fizesse alguma bobagem.

— Você me conhece? — perguntou, se virando depressa, assustada.

— Conheço. De nome — respondi, ligeiro. — Você é filha da dona Renata e do seu Alexandre, né? Parece que seus pais estavam te procurando. Não é melhor...

— Não! — ela me interrompeu. — Não fala pra ninguém que eu tô aqui. Eu só queria ficar um pouco sozinha.

— Tudo bem. Não era isso que eu ia dizer.

— O que era então?

— Não é melhor você dar uns dois passinhos pra trás? É que você tá muito perto desse parapeito e qualquer passo em falso...

Ela começou a rir. Eu não entendi nada.

— Você tá achando que eu vou me jogar?

— Eu não tô achando nada — disse. — É só que...

— Sabe de uma coisa... — ela começou a falar e então parou, do nada, e me olhou. — Qual é o seu nome?

— Chris.

— Bem, agora estamos quites. Você há de convir que antes eu estava em desvantagem, só você sabia o meu nome. Chris, fica tranquilo. Eu só vim aqui pra respirar um pouco. Sabe aqueles dias que você acorda e tem vontade de sumir? De ir pra outro lugar com pessoas desconhecidas que não falam a sua língua nem você a língua delas?

— Daí você teria que recomeçar do zero — interferi.

— Isso! — ela concordou, empolgada. — Uma nova vida! E se permitiria fazer tudo diferente, mesmo que, no fim das contas, você fizesse tudo igual.

— Talvez eu esteja neste exato momento. Quer dizer, eu não me mudei pra um lugar com pessoas desconhecidas e, até onde eu saiba, as pessoas aqui em São Paulo falam português. Mas tem sido uma fase de recomeços. Acabei de chegar do interior, e essa cidade ainda é um mistério pra mim.

— E você veio por algum motivo?

— Adoraria te dizer: vim para viver. Mas não. Vim porque minha mãe tem um problema grave de saúde e tivemos todos que nos mudar para seguir com o tratamento dela.

— Poxa! Que chato! Mas está gostando da cidade, pelo menos?

Meu coração saiu pela boca. Àquela altura eu ainda não tinha me acostumado com a ideia da Lily estar ali na minha frente. Estávamos sozinhos e ela me fazia perguntas sobre a minha vida!

— Eu ainda vou descobrir isso. Tô há muito pouco tempo aqui. Mesmo. Não conheço ninguém. Vou começar a faculdade agora.

— Sério? Qual curso?

— Letras.

— Que legal! Acredita que eu tô pensando em trocar de curso e começar Letras?

— E você faz o quê?

— Cinema.

— Poxa! Mas cinema é uma carreira muito estimulante!

— Talvez seja exatamente disso que eu venha sentindo falta na minha vida: estímulo. Cinema é mesmo uma carreira muito legal, mas... — ela parou de dizer, olhou para o horizonte.

— Mas? — eu perguntei.

— Não sei. Talvez não seja bem o que eu quero.

— E o que você quer?

— Eu não sei. E também não sei se é um problema não saber. Acho que são muito pesadas todas essas certezas que caem sobre nossas cabeças desde tão cedo. Eu quero viver.

— Mas você não tem vivido?

— Muito pouco ou quase nada — ela se lamentou. — Sabe, às vezes eu tenho a impressão de que a vida como a gente vê nos livros ou nos filmes é sempre mais interessante. Parece que, na vida real, tem sempre algo que falta.

— Algo que falta? — questionei.

— É. Como é que eu posso te explicar isso?! — ela prosseguiu, agitada. — Se você ouve uma música do Cazuza ou da Amy Winehouse, por exemplo, tem tanta vida na obra deles. Parece que eles viveram tão intensamente...

— E realmente viveram — eu consenti.

— É disso que eu sinto falta, saca? De descobrir o que realmente me toca e ir mais fundo. De mandar a razão pro espaço.

— A nossa pálida razão esconde-nos o infinito — soltei, me lembrando da frase de perfil do aplicativo dela.

Eu quis impressioná-la, confesso.

— Onde você ouviu essa frase? — ela me perguntou, meio apreensiva.

— É de um dos meus poetas favoritos.

— Meu também! — ela disse quase numa explosão, para, em seguida, perguntar com uma certa arrogância que talvez nem ela mesma tenha percebido:

— Que espécie de garçom é você, que lê poesia?

Aquela pergunta dita por qualquer outra pessoa teria me machucado bastante. Mas percebi o arrependimento de Lily logo que a frase saiu de sua boca. Mesmo assim, estava pronto para revidar o que ela havia dito. Não tive tempo. Meu pai apareceu no terraço, correndo.

— Chris! Eu tava te procurando por tudo quanto é lado! A sua mãe teve um ataque cardíaco e teve de ser internada às pressas.

A partir desse momento não me lembro de quase nada. De uma hora para outra, tudo se transformou numa neblina. Saí em disparada atrás do meu pai. Nem sequer me despedi de Lily.

10

Quando eu cheguei aqui nesse terraço, tudo o que eu queria era me esconder do resto do mundo. Não queria ver nada nem ninguém pelas próximas horas. Poderia ter voltado pra casa e me enfurnado debaixo do meu edredom. Mas em casa eu também não teria sossego. O telefone poderia tocar, o porteiro interfonar. E eu não teria conseguido alcançar esse silêncio quase absoluto.

Os garçons estavam todos ocupados e nem perceberam minha presença quando eu invadi a cozinha. As escadas logo atrás me trouxeram até aqui. Já faz um tempo que estou pensando em descer, a temperatura aqui em cima começa a me congelar, o vento chega rasgando, me fazendo tremer. Por que eu ainda não desci? Por que ainda mantenho meu celular desligado? A essa hora a festa já deve ter acabado. Meus pais já devem ter chegado em casa. Minha mãe, com certeza, deve estar brava. Se ela, ao menos, soubesse o motivo de eu ter desaparecido da sua festa, teria ficado orgulhosa de mim. Mas isso eu ainda não posso falar pra ela. Não posso ou não quero, nem sei dizer.

Eu poderia pensar também que mesmo com as temperaturas me castigando no terraço, eu continuo aqui porque quase nunca tenho esse privilégio. O privilégio de estar absolutamente sozinha. Sou só eu e a cidade que vejo, aos poucos, acordar. O sol começa a se erguer lentamente formando uma linha laranja no horizonte. Daqui a pouco esta cidade estará de pé. Eu, como se estivesse presa dentro de um sonho, me mantenho aqui, quieta, calada.

Daqui a alguns anos eu poderia até dizer que tudo não passou mesmo de um sonho, não fosse a súbita presença que me interrompeu noite adentro, quando eu ainda estava abalada com os últimos acontecimentos da festa de bodas dos meus pais. Ele surgiu do nada e gritou meu nome. Eu nunca tinha visto aquele garoto, mas a maneira protetora com que ele me chamou, fez parecer que a gente já se conhecia há anos.

Seu nome é Chris. Ele acabou de chegar em São Paulo, vindo de uma cidade do interior. Parece que a família se mudou para começar um tratamento médico da mãe. Do mesmo jeito que ele apareceu, foi embora. Rapidamente. O pai surgiu correndo, parece que aconteceu alguma coisa com a mãe enquanto estavam aqui, trabalhando como garçons.

— Chris! Eu tava te procurando por tudo quanto é lado! A sua mãe teve um ataque cardíaco e teve de ser internada às pressas.

— Eu posso ajudar de alguma maneira? Vocês precisam de carona? — tentei auxiliar.

— Não. Muito obrigado. Meu cunhado vai levar a gente — respondeu o pai sem me olhar, só parando depois por instantes, como se quisesse saber o que o filho dele fazia comigo aqui em cima.

Essa também era uma pergunta que eu me fazia. Num primeiro momento, Chris me pareceu assustado, preocupado comigo, à beira do parapeito. Mas logo eu fiz questão de tirar da cabeça dele qualquer conclusão trágica. Ele poderia ter dado meia-volta, me deixado sozinha, mas não, parecia atento a cada letra que saía dos meus lábios, e isso fez com que eu me sentisse reconfortada.

Eu tive a impressão de que, pela primeira vez na vida, alguém realmente prestava atenção em mim, no que eu tinha pra dizer, e não no meu sobrenome, na roupa que eu estava usando ou nos lugares que eu frequentava. Eu também quis saber um pouco mais sobre o garoto que trabalha como garçom e gosta de poesia. Mas foi aí que eu pisei na bola. De um modo pouco cuidadoso e talvez até arrogante eu disse algo que não devia ter dito: "Que espécie de garçom é você, que lê poesia?".

Eu percebi na hora que ele mudou de expressão. Como se algo tivesse sido quebrado ali, naquele momento. Já estava pensando numa maneira de me desculpar, de justificar o injustificável, quando o pai entrou no terraço. A partir daí, foi uma correria danada e ele partiu sem ao menos me dar tchau. E agora eu fico pensando que talvez nossas vidas nunca mais se cruzem. Eu poderia até procurar o bufê que foi contratado pra festa e pedir o contato dele, me desculpar pelo meu comportamento de menina rica que não conseguiu olhar para além dos próprios privilégios, mas talvez seja melhor não. Além do mais, ele nem vai se lembrar de mim daqui a alguns dias.

* * *

Já está de manhã quando decido descer. Pego meu carro e vou pra casa. Minha mãe, como era de se esperar, está acordada e me encara com um olhar fulminante.

— Agora você passou de todos os limites! — ela dispara assim que abro a porta.

— Mãe, eu posso explicar...

— Explicar o quê? Que você não quis ficar na minha festa? A minha filha não quis ficar na minha festa! Você sabe há quanto tempo eu estava planejando aquela festa, Lily? Você sabe o quanto ela era importante pra mim? E você simplesmente desaparece porque pega o Fabrício e a Mari...

— Peraí, mãe! — Percebo que ela está totalmente enganada. — Você não tá achando que eu sumi da festa porque eu peguei o Fabrício e a Mari se beijando, né? Eu não tô nem aí pros dois! Eu nem sou a fim do Fabrício!

— Então o que foi que aconteceu? — ela me questiona.

— Boa pergunta! — Meu pai aparece no meio da conversa. — O que foi que aconteceu?

— Você quer mesmo saber? — Lanço um olhar atravessado na sua direção. — Então eu vou contar.

11

Um barulho forte. É assim que a minha tia Letícia tinha descrito o acontecimento que salvou a vida da minha mãe.

— Ainda bem que a casa que vocês alugaram é colada, parede com parede com a nossa. Eu escutei esse barulho e fui ver o que tinha acontecido. Quando cheguei lá, vi a Helena caída no chão. No momento da queda, ela puxou a toalha e derrubou a fruteira de cristal. Aquela fruteira é enorme, fui eu que dei pra ela de casamento. Numa hora dessas, eu só penso que não poderia ter tido presente melhor. Foi o barulho da fruteira se espatifando que salvou a vida da sua mãe.

Deixei minha tia falando sobre sua teoria da fruteira salvadora e fui ao encontro do meu pai. Ele já estava na sala do doutor Sérgio, o médico que vinha acompanhando a minha mãe desde que chegamos em São Paulo.

— O que a dona Helena teve foi uma arritmia — começou a falar o cardiologista —, que é um distúrbio do ritmo cardíaco que, no caso dela, foi um batimento muito rápido. Isso aconteceu em decorrência da insuficiência cardíaca que ela já tem há anos. Bem... eu tenho uma notícia nada boa pra dar pra vocês dois.

Eu e meu pai nos olhamos e nos demos as mãos. Naquele momento, o chão parecia prestes a desabar, e a única coisa que tínhamos era um ao outro.

— O estado da dona Helena teve uma piora. Isso é comum quando a pessoa tem um caso de insuficiência cardíaca crônica de longo prazo. A insuficiência dela se desenvolveu somente em um lado do coração, mas como o órgão vem sendo afetado durante muitos anos, os dois lados sofreram com isso.

— E isso quer dizer que... — começou a falar o meu pai, tentando achar palavras.

— Quer dizer que o bombeamento do coração dela, que já não estava lá muito bem, agora está ainda mais comprometido. O sangue pode retornar para outras áreas do corpo, acumulando-se, por exemplo, nos pulmões, fígado, trato gastrointestinal, braços e pernas. Se isso acontecer, seria o agravamento da doença, que é o que chamamos de insuficiência cardíaca congestiva. Nesta etapa, falta oxigênio e nutrientes para os órgãos onde há o acúmulo de sangue, prejudicando e reduzindo a capacidade destes órgãos de trabalhar adequadamente.

— E qual é o tratamento, doutor? — eu perguntei desesperado.

— Bem... o tratamento, neste momento, vai exigir bastante disciplina da paciente e da família. A redução de sódio na alimentação, comida com o mínimo possível de sal. Ela também deve evitar ficar estressada ou preocupada. Essas mudanças podem ajudar a aliviar alguns dos sintomas e reduzir o esforço que o coração dela tem feito. Eu vou prescrever também alguns medicamentos. Eu sei que ela já toma alguns, não é?

— Sim. Ela faz uso de alguns medicamentos já há bastante tempo — disse o meu pai.

— Eu tenho aqui no meu sistema quais são, desde a primeira consulta em que a dona Helena passou comigo. Só preciso dar uma olhada e ver o que a gente mantém ou troca por outros.

— Trocar? — perguntei, confuso.

— É. Para casos como o da sua mãe, geralmente é usada uma combinação de medicamentos. E a gente vai vendo o que funciona e o que não funciona. Eu vou prescrever aqui alguns betabloqueadores, além de afinadores do sangue e diuréticos. Isso tudo, é preciso dizer, é para ela estar em condições adequadas de ser operada.

— Operada? — me segurei na cadeira. — Você está falando do transplante?

— Ainda não — explicou o médico. — Sua mãe já está cadastrada para receber um novo coração, porém não temos tempo para esperar um doador compatível. Esse coração pode demorar semanas ou meses para aparecer. O que nós vamos fazer agora é uma TRC.

— TRC? — perguntou meu pai.

— Terapia de Ressincronização Cardíaca. Nós vamos implantar um dispositivo cardíaco na dona Helena que vai enviar minúsculos pulsos elétricos às câmaras inferiores do coração dela, para ajudá-lo a bater de forma mais coordenada ou sincronizada. Isso pode melhorar a eficiência do bombeamento do coração.

— Quando isso vai acontecer? — eu quis saber.

— O mais rápido possível.

— O que quer dizer... — insistiu meu pai.

— Um mês, no máximo. Lembrando que a TRC é só um procedimento para ajudar os pacientes a terem uma qualidade de vida melhor enquanto esperam pelo transplante. O transplante, no caso dela, é fundamental.

Eu e o meu pai saímos da sala do médico. Estávamos assustados. Uma mistura de vários pensamentos confusos começou a passar pela minha cabeça, e comecei a chorar. *Como eu não estava do lado da minha mãe quando ela passou mal? O que ela deve ter sentido quando se viu sozinha sem ninguém pra acudi-la? Quanto tempo mais ela suportaria até o transplante?*

— Tá tudo errado — eu falei para o meu pai.

— O que é que tá tudo errado? — ele quis saber.

— Eu, a minha vida, as minhas escolhas. A mamãe precisa de cuidados nesse momento. Você também vai precisar de ajuda. Como o mundo pode desabar do meu lado e eu continuar sonhando? Continuar querendo ser escritor? As pessoas não precisam de escritores! Precisam de médicos, de padeiros, de advogados. Ler livros é para poucos. Eu preciso começar a trabalhar em algo que me dê dinheiro. Preciso investir em algo que vai poder contribuir nos custos do tratamento da mamãe, ajudar vocês em casa...

— Chris! Me ouve! — Meu pai me pegou pelas mãos e me olhou fundo nos olhos, mas ele tinha uma expressão calma. — Eu vou te contar uma história e quero que você preste muita atenção no que eu vou dizer. Porque é a primeira e a última vez que eu vou falar sobre isso.

Enxuguei minhas lágrimas e olhei firme para ele.

— Quando eu tinha a sua idade eu fui jogador de futebol.

Fiquei surpreso com aquela revelação. Eu sabia que o meu pai gostava de futebol e não perdia uma partida do São Paulo, seu time de coração, mas daí a jogar futebol... eu nunca tinha visto ele chegar perto de uma bola.

— Desde moleque eu sou fascinado por futebol — ele continuou —, e não tinha nem tamanho de gente quando comecei a jogar pelada nos times de várzea. A gente não tinha dinheiro pra comprar bola. Às vezes fazia bola de meia. Já ouviu falar? A gente pegava escondido várias meias, do pai, da mãe, da tia... ia enrolando até formar uma pelota pra disputar uma partida. E assim, eu fui crescendo, péssimo em matemática, mas o melhor jogador da turma. Com quinze anos eu já tinha sido contratado pelo Marília Futebol Clube. Em 1979, a gente fez uma campanha linda e o time chegou à final invicto. Fomos campeões da Copa São Paulo de Futebol Júnior. E eu fui o artilheiro do campeonato! Mas com o passar do tempo, as coisas foram ficando mais complicadas, o futebol é uma carreira muito instável. Eu saí do Marília, fiquei um tempo sem contratação. Seus avós sempre foram muito humildes e eu precisava ajudar em casa. Eu acabei largando o futebol. Mas até hoje não tem um único dia sequer que eu não me lembre dessa campanha, do prazer de dar um bom drible e ser ovacionado pela torcida, de marcar um gol de placa, de jogar com raça por amor à camisa. Moral da história: **nunca desista de algo que você não consegue passar um dia sem pensar**.

Meu pai me abraçou forte e saiu. Foi até a lanchonete tomar um café. Eu fui para o lado de fora do hospital. Fiquei um pouco na calçada, tomando um ar. A vida passa muito rápido, e certas coisas precisam ser feitas com urgência. Um coração novo para a minha mãe, por exemplo, é urgente. Mas depois daquela conversa com meu pai, eu tive certeza de uma coisa:

Nada é mais urgente do que ser feliz.

12

Meus pais ficaram parados, me olhando. Respirei fundo, tentando tomar coragem pra dizer as coisas que estavam entaladas, mas não consegui. Uma perturbação tinha tomado conta da minha mente desde o dia em que vi meu pai e a ruiva misteriosa passeando pelo shopping. Pelo menos, agora eu já sei que ela não é tão misteriosa assim. Tem nome, sobrenome e profissão. Mas eu realmente não sabia o que fazer com aquela informação e, assim, me vi num beco sem saída. De um lado, minha mãe, magoada por eu ter estragado o dia que seria o mais importante de sua vida. Do outro, meu pai que, naquele momento, era solidário com a dor de sua esposa que teve os seus sonhos frustrados.

Decidi sair pela tangente e disse apenas: "Tô de saco cheio de tudo". Entrei no meu quarto e bati a porta enquanto escutava minha mãe gritando do lado de fora que eu era uma rebelde sem causa. Não quis levar a discussão adiante nem revidar.

— Pode pensar o que quiser! Só me deixa dormir que eu tô morrendo de sono! — gritei, enquanto tirava a maquiagem no banheiro.

Logo em seguida, tomei uma boa ducha quente e fui para a minha cama. Demorou um pouco para eu pegar no sono. Estava agitada. Além do nervosismo causado pela discussão com a minha mãe, o Chris não me saía da cabeça. Me senti meio louca. O que um cara que eu tinha acabado de conhecer numa situação megaestranha fazia ali, tomando conta dos meus pensamentos? A verdade é que no meio de todo aquele caos, a imagem dele vinha como um alívio e conforto. Dormi com um sorriso bobo no rosto.

* * *

Os últimos dias de férias correram sem grandes novidades, apesar da relação com meus pais ter ficado bastante abalada, já que eu me isolei ainda mais depois da festa. Não queria encontrar nem conversar com ninguém. Fiz do meu quarto o meu esconderijo de guerra e só saía dali para o realmente necessário. Mas, aos poucos, minha mãe foi quebrando a barreira que eu tinha erguido entre nós e as coisas foram se ajeitando.

É engraçado como, à primeira vista, eu e a minha mãe somos diferentes em tudo. Ela fala pelos cotovelos, eu quase sempre penso antes de falar. Ela está sempre procurando alguma coisa pra fazer, eu adoro o ócio. Ela é agitada ao extremo, fala alto, gesticula, e eu faço qualquer coisa pra não chamar a atenção. Ela adora shopping, eu amo brechós. Ela não sai de casa sem salto, eu só uso tênis surrados. Ela só lê os livros que saíram na lista dos mais vendidos, e eu leio autores que ninguém conhece e que geralmente já até morreram.

Apesar de todas essas diferenças enormes, eu e minha mãe temos muitas coisas em comum que não seriam captadas pelo olhar de uma pessoa distraída. Minha mãe é uma mulher sensível e, apesar de todos os pitacos que ela insiste em dar sobre como eu devo me comportar, com quem andar, aonde ir ou o que fazer, no fim das contas a dona Renata sempre acaba aceitando as minhas escolhas.

Foi assim quando eu comuniquei aos meus pais que iria fazer cinema ano passado à mesa do café da manhã. Meu pai parou de ler o jornal e se levantou bravo.

— Filha minha, artista, era só o que me faltava! —, mas minha mãe, mesmo não concordando com a minha escolha, tentou acalmar a situação e tratou logo de soltar uma de suas frases de efeito:

— Pois trate de fazer essa faculdade direitinho porque eu ainda quero colocar uma estatueta do Oscar no lavabo. Sempre achei a decoração desse lavabo meio caída. Já pensou um Oscar no lugar do vaso de orquídeas?

Do seu jeito confuso, ela sempre me apoiou. É claro que, muitas vezes, ela quis que eu seguisse outras estradas. Caminhos que ela acha que são mais adequados para uma menina da minha classe social. E isso tudo sempre me irritou porque eu passei a vida inteira ouvindo o que eu devia e, principalmente, o que eu não devia fazer. Invasão de privacidade ou superproteção, não sei que nome dar a esse comportamento. O fato é que ela sempre esteve por perto, cuidando para que não me faltasse nada. Sempre do meu lado a qualquer sinal vermelho. Sempre atenta à minha rotina, comparecendo a todas as minhas apresentações na escola ou nas reuniões da diretoria. Sempre muito presente.

Por isso, não me surpreendi quando, no primeiro dia de retorno às aulas, ela bateu na porta do meu quarto bem de manhãzinha.

— Entra! — gritei.

— Bom dia, minha filha! Animada pro primeiro dia de aula?

— Acho que sim.

— Como assim "acha que sim"?

— Ah... começo de semestre, né? Ainda não olhei a grade curricular. Não sei quais serão as matérias. Se vão ser chatas ou legais.

— Algumas vão ser chatas, outras vão ser legais. Como tudo na vida.

— Tem razão.

— O que não pode é empurrar o curso com a barriga. Tem que fazer o que gosta, encontrar o seu caminho pra não ficar igual a mim — soltou.

— Como assim ficar igual a você, mãe? Muitas mulheres gostariam de ter a sua vida.

— Eu sei. E eu gostaria de ter a vida de muitas mulheres. Gostaria de ser assim, como você, por exemplo.

— Como eu? — me surpreendi.

— É. Como você. Sempre do contra. Pouco se importando com a opinião dos outros.

— Eu não sei se eu sou bem assim, mãe...

— Claro que é. Sempre foi. Lembra como eu queria fazer uma festa de quinze anos pra você? Todas as suas amigas fizeram uma festa. Eu passei um ano inteiro tentando te convencer. Queria que você tivesse a festa mais bonita de todas, mas você bateu o pé. Disse que era bobagem, que tanto faz catorze, quinze ou dezesseis anos, é tudo igual.

— E não é?

— Na teoria, sim. Na prática é outra coisa. Você não sabe como eu desejei um baile de debutantes quando eu tinha essa idade!

— Sem querer ofender, mãe, mas talvez seja esse o problema. Às vezes é difícil aceitar que os filhos não são extensões puras e simples dos pais, que eu posso ter outros sonhos, outros desejos.

— Você fala isso porque sempre teve de tudo, já nasceu em berço de ouro. Queria ver...

— Mãe, eu já ouvi essa história quinhentas mil vezes, de que você nasceu pobre...

— É bom ouvir de novo pra aprender a dar valor...

— Eu dou valor às coisas, mãe — interrompi. — Só que às vezes os meus valores são diferentes dos seus, e tudo bem. A gente tenta conviver com isso.

— Posso te dar uma carona até a faculdade? — ela me perguntou, se convencendo de que aquele assunto não iria pra frente.

Eu não estava muito a fim de aceitar a oferta, mas percebi que aquilo era importante para a minha mãe. Como uma espécie de ritual, ela sempre gostava de me levar para qualquer lugar nos dias inaugurais. Primeiro dia da escola. Primeiro dia da natação. Primeiro dia do balé. Primeiro dia do francês. Desde criancinha, ela sempre me levou e me buscou, mesmo que depois deixasse essa função a cargo do motorista. Mas nos primeiros dias ela assumia essa tarefa, como se fosse uma forma de dizer: "Se alguma coisa der errado, mamãe volta logo pra te pegar".

Não custa nada, Lily, fazer a vontade da sua mãe de vez em quando, disse para mim mesma. E assim ela me deixou na porta da faculdade no primeiro dia de aula do segundo semestre.

No final da manhã, eu já estava com a grade curricular em mãos, mas por alguma confusão no sistema, o programa havia sido impresso sem o nome dos docentes de cada matéria.

— Os nomes dos professores serão afixados no mural do corredor. Assim que a aula terminar, vocês podem ir até lá para conferir. Já vai estar tudo em ordem — avisou o coordenador do curso.

De frente para o mural, comecei a ler as matérias que seriam dadas naquele semestre e seus respectivos professores. Vibrei quando vi o nome do Andrei Oliveira como professor de roteiro.

— Nem acredito que vou ter aula com o Andrei! Esse cara é fera! — comemorei.

— Além de fera, ele é muito gente boa.

Aquela voz me soou familiar. Virei instantaneamente e dei de cara com Chris. Tentei não dar muita bandeira, mas meu corpo inteiro parecia tremer sem parar.

— Chris! — reagi, surpresa. — Você por aqui? Não acredito! Não vai me dizer que você tá cursando Letras aqui...

Ele não me deixou concluir a frase e foi logo dizendo, de supetão:

— Tá admirada por um garçom estudar na mesma faculdade que você?

Eu fiquei sem resposta. Ele, então, continuou:

— Brincadeira. Não podia deixar passar.

— Foi bom mesmo você ter tocado nesse assunto. Acho que eu tô te devendo desculpas.

— Eu tô tranquilo, relaxa.

— Eu faço questão. E não tem um jeito melhor de me redimir com você do que te convidar pra um café. Já conhece a padoca aqui do lado?

* * *

— Você tá brincando que o Andrei é seu primo — eu disse, assim que nos sentamos numa das mesas da padaria.

— Sério! Já faz uns dezenove anos.

Dei risada e continuei:

— Eu queria muito que ele caísse na minha turma esse semestre. Todo mundo fala que ele é um dos melhores professores de roteiro. Uma vez eu assisti a uma aula dele como aluna-ouvinte. Fiquei no fundo da sala, ouvindo e babando.

— O cara é nerd, né? Eu devia ter uns treze anos e vinha passar as férias aqui em São Paulo. Você acredita que nessa idade ele me botava pra ver uns filmes megassensíveis, tipo *Encontros e desencontros*? Que garoto de treze anos assiste a *Encontros e desencontros*?

— Garoto eu não sei... Já garota...

— Tá brincando? Você assistiu a *Encontros e desencontros*? Com treze anos?

— Não. Com doze. É o meu preferido de Sofia Coppola, inclusive.

— É um filme *down*.

— Ou um retrato de nós mesmos.

Ele me olhou espantado. Parecia não saber como continuar a conversa.

— É um filme sensível, tenho que concordar — prossegui. — Mas talvez eu seja meio esquisita. Nunca gostei das comédias fofinhas ou dos enredos óbvios. E confesso que ter assistido a esses filmes ou lido autores mais densos me fez chegar até aqui mais forte. É sempre bom saber que você não tá sozinha com sua visão de mundo.

— Eu sempre pensei dessa forma. Acho que foi por isso que sempre tive como referência os poetas que morreram jovens. Existe uma espécie de intensidade na obra desses caras...

— Tá brincando! — eu o interrompi, eufórica.

— Eu falo sério. Pode parecer meio estranho...

— Não, é disso que eu tô falando. Eu também sempre me atraí pela literatura desses escritores.

Senti que nós poderíamos passar a tarde ali trocando figurinhas sobre os nossos poetas mortos favoritos. Fiquei tão empolgada que nem percebi quando o garçom chegou trazendo o cardápio.

— Eu já sei o que eu vou pedir. Um pão na chapa com requeijão na saída e um café expresso com leite. O pão na chapa com requeijão daqui é o melhor da cidade — avisei. — Com as bordas bem crocantes e um rio de requeijão dentro.

— Ah, é? Vou pedir o mesmo que ela, então — ele disse ao garçom, devolvendo o cardápio. — Quero só ver se esse pão na chapa com requeijão é tão bom quanto o da padaria do meu pai em Garça.

— Seu pai tem uma padaria em Garça?

— Tem. Minha família toda é do interior. Como eu te falei...

— Claro! Tô me lembrando agora. Você e o seu pai saíram apressados aquele dia. Parece que sua mãe tinha ido parar no hospital. Tá tudo bem com ela?

— Sim. Tudo indo. Minha mãe tem um problema no coração e vai ter que passar por uma cirurgia nos próximos dias. Mas ela é uma mulher de fibra, não se deixa abater por quase nada.

— Poxa. Que barra! Espero que vocês passem por isso da melhor forma possível.

— Nós vamos passar, tenho certeza.

— Mas, vem cá, e essa padaria lá de Garça? Você também colocava a mão na massa ou ficava só esperando o pão sair quentinho do forno?

— Meu pai passava mais tempo na padaria, mas eu sempre ajudava quando o movimento apertava. Ele também entregava muita coisa por encomenda pras festas, e eu acabei aprendendo a fazer alguns pratos e bebidas. Qualquer dia preparo uma pizza pra você, é minha especialidade.

— Eu amo pizza.

— Vamos combinar então... qualquer dia você vai na minha casa e eu preparo uma pizza pra você. Qual o seu sabor preferido?

— Nesse ponto, eu sou bem simples. Gosto dos sabores tradicionais. Marguerita, calabresa...

— Fechado, então. Vou fazer uma pizza marguerita como você nunca provou antes!

O garçom chegou trazendo o nosso pedido. Percebi que o Chris estava ansioso, não parava de olhar o celular.

— Algum problema? — perguntei.

— Desculpa. É que eu tenho que fazer uma prova daqui a pouco. Tô meio nervoso.

— Prova? No primeiro dia de aula?

— Não, não é aqui da faculdade. É pruma bolsa numa facul gringa.

— Uau! Bolsa de estudos?

— Isso. Tô superinteressado em fazer um curso de escrita criativa. E se eu passar nos exames vou ficar um ano em Nova York, estudando, com as despesas todas pagas.

— Que legal! Quer dizer então que nós temos aqui um escritor?

— Eu fico meio tímido de dizer, mas acho que sim. Eu sou escritor. É que quando se fala que quer ser escritor parece uma coisa de outro mundo, né? Que o escritor é alguém que se coloca num pedestal e fica ali isolado do mundo. Mas é justamente o contrário, talvez escrever seja uma das profissões mais simples do mundo. É suor, dedicação, disciplina, horário. O escritor não é um semideus que passa o dia pensando sobre as incertezas da vida. Já escutou aquela frase: "Noventa e nove por cento transpiração e um por cento inspiração"?

— Já, já, sim. Que bonito ver sua empolgação.

— É isso. Não adianta ficar sentado diante de uma página em branco esperando uma musa aparecer.

— Musa?

— Sim. Como na mitologia grega, uma musa para se inspirar.

— E você? Tem alguma? — soltei rapidamente e quase me arrependi depois, percebendo como ele havia ficado envergonhado.

— Dizem que a aparição de uma musa costuma ser rara, mas que quando ela chega, vem pra ficar. Minha intuição diz que sim, que eu encontrei a minha musa inspiradora.

Fiquei desconcertada. Não sabia como continuar a conversa. Neste momento, meu celular vibrou. Era a Mari perguntando onde eu estava.

— Preciso ir — me avisou Chris. — Eu realmente preciso me preparar para a prova. Posso anotar meu número, se você quiser.

— Claro — eu falei e passei meu telefone. — E o pão na chapa? Tá aprovado?

— Olha... que isso fique entre nós, mas superou o do meu pai.

Ele se levantou e deixou sua parte da conta em cima da mesa. Me deu um beijo de despedida no rosto e foi embora. Eu fiquei ali, sentada ainda por alguns minutos. Chris era um cara impressionante. Ele transbordava um entusiasmo pelos seus projetos – a escrita, a faculdade, a bolsa – que há muito tempo eu não via nas pessoas ou não percebia em mim. E isso tudo em meio aos problemas da sua vida que teve que ser mudada de uma hora para outra por causa da doença da mãe. Era disso que eu sentia falta. Eu tinha perdido a capacidade de me maravilhar com algo ou alguém. Mas parece que essa história estava prestes a mudar. De uma hora para outra, fui tomada por uma sensação diferente:

Fui invadida por uma coisa chamada vida.

13

Não sei que nome dar pro que me aconteceu. Sorte. Destino. Felicidade. Acaso. Estava na faculdade, numa daquelas manhãs em que você nem vê o tempo passar tamanha é a sua empolgação. Primeiro dia de aula, um curso que eu quero muito fazer, gente nova, assuntos novos, a cabeça a toda. Mas mesmo animado com o início do ano letivo, assim que as aulas terminaram, juntei minhas coisas e saí correndo. Até queria ficar um pouco mais, conversar com a galera, fazer amizade, mas bem naquele dia eu teria que fazer um exame pra bolsa da universidade americana à tarde.

Entrei a mil no corredor. Queria chegar rápido no ponto de ônibus. Mas, de repente, eu vejo uma presença que me fez deixar toda a minha pressa de lado: Lily, ao lado de outros estudantes, em frente a um mural. Desacelerei o passo e tentei parecer uma pessoa normal. Fui chegando de mansinho e parei ao lado dela, torcendo para que não percebesse que eu estava completamente sem ar. Felizmente ela estava concentrada, lendo algo colado no mural.

— Nem acredito que vou ter aula com o Andrei! Esse cara é fera! — ela vibrou.

Andrei? Só podia ser o Andrei, meu primo, que era professor de roteiro na faculdade. A sorte não poderia ter me sorrido num momento melhor.

— Além de fera, ele é muito gente boa — eu disse com o coração saindo pela boca.

Achei que depois da minha aparição, nós trocaríamos mais duas ou três palavras, nos despediríamos e iria cada um pro seu canto, mas Lily me convidou para um café, que, segundo ela, era pra se desculpar da gafe que tinha cometido no nosso primeiro encontro.

Fomos a uma padaria que fica do lado da faculdade – pelo que entendi, Lily é uma frequentadora de carteirinha do lugar – e pedimos um pão na chapa com requeijão superbem recomendado. Parecia uma ilusão: eu estava na frente da garota que até pouco tempo antes dominava meus sonhos, mas que agora tinha se materializado em carne, osso, voz, gestos, cheiro, respiração. Fiquei tão nervoso que quase me arrependi de tê-la abordado no corredor.

Quase. Porque, apesar do nervosismo, aqueles minutos que passei ao seu lado fizeram com que cada segundo do dia tivesse valido a pena. No começo, eu não sabia muito bem o que fazer, onde colocar a mão ou como iniciar a conversa, mas aos poucos as coisas foram fluindo, e quando percebi tínhamos engatado um papo sobre os escritores de que gostávamos em comum.

Queria ter passado o resto da tarde ali, jogando conversa fora, admirando o jeito como ela mexia no cabelo ou olhava para baixo quando ficava envergonhada, mas era o dia da prova. Com um sorriso bobo saí às pressas, deixando sentada naquela mesa a musa que me inspira e me dá mais motivos para seguir em frente. É o mesmo sorriso bobo que está no meu rosto neste exato momento em que me encontro jogado no sofá enquanto mexo distraído no celular.

— Que sorriso é esse? — pergunta minha mãe, que me observa enquanto assiste a um filme na TV.

— Sorriso? — me pego surpreso. — Sorriso nenhum, mãe.

— Me engana que eu gosto — minha mãe me provocou. — Pode não parecer, mas sua mãe é uma mulher vivida, Chris. Eu conheço bem esse sorriso. Eu costumava sorrir assim, sem motivo, sabe quando?

— Quando? — perguntei envergonhado com o rumo daquela conversa; falar de amor com a minha mãe não é das situações mais fáceis.

— Quando conheci o seu pai. Eu estava muito tristinha porque tinha acabado de voltar de uma consulta médica em Marília. O diagnóstico do médico não havia sido nada animador. Eu soube, naquele dia, que eu teria que passar por várias restrições durante a vida, mas estava disposta a lutar. Mesmo assim, era natural que, naquele momento, eu estivesse baqueada. Peguei o ônibus de volta pra Garça. Seu pai era o motorista; como você sabe ele trabalhou um tempo como condutor. E quando eu estava descendo no ponto final, ele me disse: "Uma moça tão bonita não combina com um rosto tão sério".

A princípio, eu fiquei revoltada. Achei aquele comentário uma cantada barata e disse boas verdades pra ele, disse até que iria reclamar com a direção da empresa. Ele explicou que não tinha tido a intenção de me magoar, que realmente estava preocupado porque tinha me notado muito séria desde o início da viagem. Me chamou para tomar um café. Disse que eu iria conhecê-lo melhor e que, se depois eu quisesse, poderia abrir uma reclamação contra ele. Não sei por que, mas acabei topando. Ou talvez saiba, porque eu estava tão desorientada que não queria voltar pra casa nunca. Se pudesse, ficaria dando voltas e voltas pela rua até que o mundo decidisse acabar. Enfim, tomei o café com o seu pai e, aos poucos, fui percebendo o homem gentil que estava ali na minha frente. Eu não tinha com quem desabafar sobre a minha doença e contei tudo pra ele. E sabe o que foi que ele me disse?

— O quê? — perguntei curioso.

— "Casa comigo?" ele disse. Você acredita que o seu pai me pediu em casamento no dia em que a gente se conheceu, sabendo que não seria fácil ter uma companheira com a minha saúde? Eu, claro, dei risada. Não podia levar a sério uma coisa dessas. Mas ele me disse que estava realmente sendo sincero, que não entendia por que eu estava rindo. Na volta pra casa, eu fui andando sozinha pela rua, com esse mesmo sorriso bobo que você estava agora. Eu e o seu pai começamos a namorar alguns dias depois. Até hoje eu me pergunto se ele estava realmente falando sério quando me pediu em casamento naquele dia. Ele jura que sim. Diz que desde aquele dia não teve dúvidas de que queria ficar comigo pelo resto da vida e que passaria por qualquer coisa pra ficar ao meu lado. Tem sido assim desde então. A gente já passou por muitas situações difíceis, mas as alegrias da vida em comum que nós tivemos superam tudo.

— Eu conheci uma garota — disse, tentando superar a timidez. — Mas talvez não seja a garota certa.

— E por que não? — ela quis saber.

— Ah, sei lá. Digamos que a gente seja de universos diferentes.

— Quando duas pessoas se encontram e há uma conexão real entre elas, não existe essa história de mundos diferentes. **O que existe é o amor, esse sentimento que salva as pequenas horas, às vezes um dia e, com sorte, uma vida.** Eu só tenho uma coisa para te dizer, meu filho: se você gosta mesmo dessa garota, insista. Num mundo onde o ódio e a intolerância têm se tornado valiosas moedas de troca, amar é para os insistentes.

— Dona Helena fala bonito — brinquei.

Terminei de ouvir a minha mãe com a sensação de que era um privilégio ser seu filho. Peguei meu celular e enviei uma mensagem para Lily.

Eu
Oie
Tudo bem?

Ela visualizou e respondeu em seguida.

Lily
Oi, Chris
Tudo bem e vc?

Eu
Tudo na paz
Vc já ouviu falar no sarau da zona leste?

Lily
Não.
Que sarau é esse?

Eu
É um sarau que rola há alguns anos.
Meu primo que me deu a dica
Disse que já foi algumas vezes e q é muito legal
Tava pensando...
Quer ir comigo?

Lily está digitando, me avisou o aplicativo de conversa. Meu coração disparou. Tinha lançado a flecha. Será que ela iria acertar o alvo?

Lily
Quero.

Tive que me segurar para não pular do sofá e minha mãe me achar um completo maluco. *E agora? O que eu escrevo? Ok... não, apaga. Ok é muito seco. Legal. Legal? Será que legal é legal? É... pensa, Chis! Pensa! Ela tá do outro lado, esperando uma resposta.*

Eu
Ótimo! Vamos nos encontrar
no centro pra gente ir juntos?

Lily
Claro! Q horas?

Eu
Às 19h
Na catraca do metrô República

Lily
Blz
Pode ser na entrada?
Devo ir de táxi

Eu
Ok
Até lá então

Olhei no relógio. *Caraca, Chris! Você é maluco! Como é que você marca com a menina às sete horas? Já são quase cinco e meia e você tá aqui largado no sofá. Ou seja, tem meia hora pra tomar um banho, se vestir e sair de casa pra chegar, quem sabe, no horário!*, pensei, agora sim, levantando de maneira rápida do sofá.

— Vai sair, meu filho? — minha mãe me perguntou.

— Acho que nasci pra ser insistente, dona Helena — disse e a deixei com uma alegria no olhar.

Cheguei à estação República às sete e dez. *Que mancada*, pensei. Chegar atrasado ao meu primeiro encontro com a Lily. Mandei um Whats e avisei que já estava ali. Ela respondeu em seguida, dizendo que estava chegando. Respirei aliviado.

Lily apareceu uns dez minutos depois. Estava linda, com uma calça jeans e uma camiseta estampada.

— Desculpe — ela foi logo dizendo.

— Relaxa, temos tempo ainda.

— Já comeu? — ela me perguntou. — Tô com uma fome...

— Ainda não, mas podemos comer alguma coisa.

— Tem um restaurante francês aqui no centro...

— Vou te levar pra comer num lugar melhor. Um lugar onde você nunca comeu em toda a sua vida — digo com confiança.

* * *

— E então, tá gostando? — pergunto enquanto mando ver no meu yakisoba.

Estamos sentados no meio da praça da Liberdade, comendo em caixinhas de isopor.

— Posso ser honesta? — Lily me pergunta.

— Claro!

— Eu nunca comi um yakisoba tão bom em toda a minha vida — ela sorriu.

— Tá vendo? Não te falei que você ia gostar?

— Como você descobriu esse lugar?

— Ah, esse lugar é das antigas. Vinha muito aqui nas minhas férias quando era moleque. Você já veio na feirinha que rola aqui aos domingos?

— Acredita que não?

— Como assim, garota? Você mora nessa cidade e não conhece a feirinha da Liberdade?

— Pra você ver. Talvez você conheça mais São Paulo do que eu — ela soltou e deu uma risada meio envergonhada.

— Ou talvez a gente conheça São Paulos diferentes.

— Talvez. Confesso que sempre tive um pezinho atrás com comida de rua. Minha mãe sempre ficava me controlando. Nem as comidas da quermesse da escola ela deixava eu comer. Vivia dizendo que tava tudo infectado com bactérias.

— É neste ponto que a sua mãe está errada.

— Que ponto? Não tem bactérias nas comidas?

— Não é isso. São as bactérias que deixam a comida com esse gostinho tão especial — brinquei, fazendo Lily sorrir ainda mais. — Sem querer te apressar, é melhor a gente terminar logo o yakisoba. Ainda temos que pegar o busão.

— Não é melhor a gente pegar um táxi?

— Táxi? Não! Um táxi daqui até lá vai dar uma nota!

— Não tem problema, eu pag...

— Nada disso. Tem um ônibus que sai daqui a pouco. A gente só tem que fazer duas baldeações. Você tem bilhete único?

— É...

— Tudo bem. Eu passo aqui no meu. Carreguei hoje de manhã.

Fomos andando devagar para o ponto. A sorte parecia nos sorrir. Logo um ônibus parou, e nos dois terminais seguintes que descemos para fazer as baldeações, a troca dos veículos também foi rápida. Uma hora e meia depois já estávamos no sarau. Avistei Andrei. Ele já estava a postos para ler um poema. Acenamos um para o outro.

Eu nunca tinha vindo num sarau, mas, graças ao meu primo que sempre me deixou curioso, aqui estou. Olho ao meu redor e tudo parece incrível. Sempre achei uma coisa sem sentido essa história de que o povo não gosta de livros e participar desse sarau era a prova que confirmava a minha teoria. O evento está lotado. Muitas pessoas espalhadas, sentadas em cadeiras de plástico vermelhas, outras de pé. Prestam atenção na leitura do poema, interagem, leem os seus próprios textos.

Andrei aparece de repente, veio conversar conosco:

— E aí? Estão curtindo?

— Tô amando, primão! Bem, deixa eu te apresentar. Essa é a Lily, sua futura aluna. Lily, esse é o Andrei, meu primo e seu futuro professor de roteiro.

Os dois se cumprimentam.

— Olha, que legal! — fala Andrei. — Então nós teremos alguns encontros no próximo semestre, Lily?

— Sim, e estou ansiosa por eles.

— A Lily vibrou muito quando soube que você seria o professor de roteiro! — comento.

— Ah, é um prazer saber que sou bem cotado pelos alunos... Vem cá, e vocês não vão ler nada, não?

— Eu não preparei nada — falou Lily.

— Nem eu — disse.

— Até parece. Você é um escritor! — meu primo botou pilha. — Deve ter um monte de poesia guardada aí nessa cabeça-oca — provocou.

— Que nada, não é bem assim que as coisas funcionam — tentei desconversar.

— Ah, eu adoraria conhecer um pouco do seu texto... — comentou Lily.

— Peraí! Eu vou pegar uma senha pra você poder se apresentar — disse Andrei.

— Não, espera! — Já era tarde, Andrei já tinha saído. Eu não tinha mesmo como fugir. Teria que recitar um poema meu.

— Você me paga! — disse baixinho para o Andrei quando ele voltou me trazendo a senha.

— Relaxa! Você vai tirar de letra, literalmente! — respondeu.

Demorou um tempo até chamarem minha senha. Eu e Lily estávamos distraídos do lado de fora, comprando pipocas, quando Andrei surgiu:

— Chris! Chris! Tão te chamando! É a sua vez!

Deixei o saco de pipocas com ele e caminhei, meio nervoso, para o pequeno palco. Encurralado, à beira do abismo, não me faltava outra opção senão pular. Aquela certeza toda que eu sempre tive desde que nasci de que era um escritor desaparecia diante da possibilidade de ser desaprovado pela única garota do mundo que eu queria impressionar naquele momento. Microfone em mãos. O silêncio da plateia. Na cabeça ainda a dúvida do que dizer e como dizer. Comecei a falar:

A palavra que sai da boca
Nem sempre é a que vem do coração
O coração não aceita convenções
E diz com leveza
O que às vezes não passa pela cabeça
Que está sempre pensando demais
Mesmo quando nada lhe satisfaz
A cabeça aceita o tédio do trabalho
As horas intermináveis no trânsito
Os planos de promoção no emprego
Pra ter uma vida melhor
Tudo isso enquanto não escuta o coração
Ei, dona Cabeça! Esquece um pouco a razão!

Vem ser feliz!
Vamos sair pra dançar
Há sempre o imprevisível a nos espreitar
Ninguém sabe muito bem aonde quer chegar
Passeando pelo caminho a gente encontra um lugar
Às vezes ri, às vezes chora
Outras vezes falha, noutras se despedaça
Talvez a verdade da vida seja esta:
Se não se arriscar, não tem graça.

Assim que terminei de recitar o último verso, havia um silêncio tão grande que quase ouvi minha respiração. *Pronto*, pensei, *já era a minha carreira de escritor.* As pessoas me olhavam estranho, como se eu tivesse cometido algum crime. Um nervosismo grande tomou conta do meu corpo, fazendo arrepiar até o último fio do meu cabelo. De repente, começo a ouvir o som de palmas. Começaram tímidas, mas em alguns segundos todo o local foi tomado por muitos aplausos. A galera estava empolgadíssima. Gritos e assobios se misturavam ao barulho das palmas. Então era isso? Eu tinha passado no teste? As pessoas tinham gostado da minha poesia? Olhei para Lily. Ela estava num canto com Andrei e parecia a garota mais empolgada dali. Desci do palco com as pernas bambas, ainda sem acreditar na reação das pessoas.

Depois da minha apresentação, a noite pareceu ficar mais animada. Muitas pessoas se aproximaram, algumas para me parabenizar, outras para trocar uma ideia, já que ali havia vários jovens escritores e poetas. Quando dei por mim, já estava na hora de ir embora.

— Vamos nessa! — falei com a Lily.

— Mas já? A noite tá tão animada — lamentou.

— Eu também acho. Mas já tá tarde. E esse horário demora pra passar ônibus.

— A gente pega um táxi!

— De jeito nenhum. Táxi chega muito rápido e eu quero passar mais tempo com você — disse, deixando ela com o rosto vermelho.

Já dentro do ônibus continuamos nossa conversa.

— Nossa! Hoje eu cheguei à conclusão de que realmente eu não conheço nada de São Paulo — ela começou a falar. — Essa cidade é tão interessante... tão diferente de tudo que eu tô acostumada a ver.

— É uma metrópole gigantesca, né? Uma das maiores do mundo. Eu não me canso de me espantar com São Paulo!

— E eu achava que já tinha visto de tudo nesta cidade.

— Que nada! Sempre há muito por ver, por viver, por sentir.

— Há sempre o imprevisível a nos espreitar.

— Você decorou o poema? — perguntei, admirado.

— Não todo, mas isso, sim. Depois você me manda por Whats? Quero guardar.

— Claro!

— E, ó, vou ser a primeira da fila na sua noite de autógrafos.

— Noite de autógrafos? Isso tá longe ainda!

— Pelo andar da carruagem que eu vi hoje, eu acho que não! Logo, logo você vai ser um escritor publicado, e eu vou gostar mais de ler um livro de alguém que tá vivo do que alguém que já morreu.

Fiquei envergonhado com a afirmação de Lily. Enfiei a mão no bolso da jaqueta. Tirei de lá os biscoitinhos da sorte que tínhamos ganhado quando comemos o yakisoba.

— Os biscoitinhos da sorte! — exclamou Lily. — Nem me lembrava de que você os tinha guardado.

— Nem eu. Vamos ver o que nos dizem esses biscoitos — respondi rindo, e entreguei o biscoito para ela enquanto abria o meu.

— O riso é a menor distância entre duas pessoas — ela leu a sorte do biscoito dela. — Hum... já não bastava nós estarmos sentados juntos no mesmo banco, também tem o riso para nos aproximar ainda mais. Acho que essa distância é quase inexistente, já que hoje você me fez sorrir muito. Lê o seu agora.

— Há três coisas que jamais voltam: a flecha lançada, a palavra dita e a oportunidade perdida.

— Então o que você está esperando? — ela me perguntou.

— Esperando? — devolvi desconcertado.

— É. Tá escrito aí na sua sorte pra você não deixar a oportunidade passar. Logo, logo a noite acaba e a gente ainda...

Não esperei Lily concluir a frase. Me aproximei de seu rosto e nos beijamos lentamente. Tive a sensação de que eu havia esperado aquele beijo por toda a minha vida. Eu era feliz e sabia.

14

— Chegou tarde ontem, hein? — falou minha mãe à mesa do café. — O sol já tinha nascido. Onde é que você foi?

— Por aí — respondi.

— Hum... por aí... tão misteriosa essa minha filha, mas conheço bem esse rostinho. Tá com cara de romance. Namoradinho novo? Deus ouviu minhas preces!

— Não é nada disso, mãe. Desencana — tentei desconversar, mas sem muito sucesso, já que quase tudo o que eu digo para ela entra por um ouvido e sai pelo outro.

Minha mãe continuou falando sobre minha noite animada e levantando hipóteses sobre a minha possível paixão. Meu pai, como em todas as refeições pela manhã, não desgrudou o olho do seu tablet. Entre uma notícia e outra, reclamava do país e fazia planos de se mudar para a Flórida. Terminou de beber sua xícara de café, levantou-se, deu um beijo na testa de minha mãe sem olhar pra ela, um beijo na minha bochecha e saiu.

— Papai é estranho, né? — comentei.

— O que é que o seu pai tem de estranho, menina?

— Muita coisa. Essa coisa de fazer questão de tomar café comigo e com você todas as manhãs.

— Isso não é estranho, Lily. É senso de família.

— Seria se ele, ao menos, olhasse na nossa cara enquanto estamos juntos à mesa. Como é que você aguenta, mãe?

— Aguenta o quê, minha filha?

— Essa situação.

— Seu pai é um homem de ouro. Não tenho do que reclamar. Existem maridos muito piores, sabia? A Carolina, por exemplo...

— Mãe! Marido não é moeda de troca! Não importa se o casamento da sua amiga é pior ou melhor. O que importa é como você se sente.

— Eu me sinto ótima. Por quê? Não parece que tô sempre ótima?

— Posso ser sincera?

— Lily, minha filha, sinceridade é uma coisa tão fora de moda...

— Você e o papai nem sequer parecem um casal. Eu não lembro a última vez que vi vocês trocarem carinhos.

— Por acaso eu e o seu pai vamos ficar nos pegando na sua frente?

— Tudo bem, mãe. Só acho estranho vocês celebrarem o casamento numa festa pra mais de quinhentas pessoas e dentro de casa mal trocarem meia dúzia de palavras.

— Casamento, Lily, é assim mesmo. Isso é normal.

— Você acha que isso é normal? E você ainda quer que eu me case pra ter essa vida?

— Você fala assim porque tá aí toda apaixonadinha...

— Eu não tô apaixonadinha!

— Tá, sim! Não vem com conversa pra boi dormir pro meu lado, não, que você não me engana. Tá aí toda-

-toda porque tá num clima de romance. Quer um conselho, minha filha? Aproveita porque essa é a melhor fase da sua vida. Depois disso, você vai entender o que é o mundo real. Nenhum casamento mantém essa euforia dos primeiros meses de namoro.

— A gente tem sempre que buscar algo que nos desperte. **A vida não tem a menor graça se a gente vive sem ter um motivo. Algo que faça nosso coração bater mais forte.**

— Ah, menina... você é uma romântica. Cuidado com isso! O mundo não perdoa os românticos!

Tive a impressão de que minha mãe dizia isso com uma certa tristeza, como se ela mesma fosse uma romântica e tivesse sofrido por isso.

— Por que você não se separa do papai?

Ela deu uma gargalhada.

— Essa conversa já deu por hoje — disse brava.

— O papai tem outra — soltei, me arrependendo quase que na hora.

Minha mãe ficou alguns segundos de cabeça baixa, sem dizer nada, olhando para sua tigela de iogurte com granola. Deu uma última colherada na sua refeição, virou-se pra mim e disse:

— Eu sei.

— Você sabe? — perguntei tentando entender.

— Claro que sei, Lily. O seu pai não deve ter uma, mas várias amantes. Ele é homem, rico, tá bonitão ainda. Você acha que ele não iria sair com outras mulheres?

— E você acha isso normal?

— Isso não tem nada a ver com o que eu acho ou deixo de achar, Lily. É como o mundo funciona. Simples assim. Agora, se você me dá licença, eu tô atrasada pra minha aula de *spinning* — disse e se levantou. Fiquei sem reação. Não sabia se sentia pena da minha mãe pela vida que ela vivia e o que ela achava normal em um relacionamento ou se sentia raiva pela sua apatia.

Eu me levantei em seguida. Já estava atrasada para a faculdade. Saí apressada. No estacionamento do prédio, recebi uma mensagem. Era o Chris me desejando um bom-dia. *Espero que sim*, pensei, *que apesar do café da manhã, eu tenha um dia bom e feliz.*

* * *

— Como assim? Você tá namorando? — me pergunta Mari. Estamos na lanchonete da faculdade.

— Não pira, Mari! Eu saí com o cara uma vez e você já fala que eu tô namorando?

— Lily, sabe qual foi a última vez que você saiu com alguém?

— Não exagera, vai.

— Eu tô falando sério. Mas, enfim... deixa pra lá. Me conta, quem é o boy?

— O nome dele é Chris.

— Chris? Chris Rachid?

— Não. Você não conhece.

— Como assim? Eu conheço *todo mundo* nesta cidade. Pelo menos, as pessoas mais famosas, né?

— Ele acabou de chegar em São Paulo.

— E onde você conheceu ele?

— Na festa dos meus pais.

— Sabia! Espertinha! Aquela sumida que você deu. Já tava de olho no boy, né? Saiu pra dar uns pegas.

— Não é nada disso, Mari! Você vai ou não vai me deixar contar?

— Tá bom, desculpa, pode falar.

— Eu tava no maior bode naquela festa. Não aguentava mais ficar fazendo social com os meus pais, cumprimentando gente que nunca tinha visto na vida. Já estava mesmo com vontade de desaparecer dali, mas fiquei na minha, fazendo pose de boa menina, bem comportada. Mas aí acabou acontecendo algo que me deixou irritada.

— Eu sei. Foi mal, Lily. Eu já te pedi desculpa.

— Não é isso! Não tem nada a ver com o seu lance com o Fabrício. Foi outra coisa. Uma hora te conto. Mas, enfim... eu resolvi sumir e fui parar onde? No terraço do clube.

— No terraço? — Mari me perguntou surpresa.

— É. Acho que ali era o último lugar do mundo onde qualquer pessoa iria me encontrar. Mas ele me encontrou.

— Ele quem?

— O Chris!

— E o que é que ele tava fazendo lá?

— Sei lá. Acho que foi tomar um ar, comer alguma coisa depois do expediente.

— Depois do expediente? Miga, explica isso direito que eu não tô entendendo mais nada.

— O Chris tava trabalhando como garçom na festa dos meus pais.

— Peraí, Lily... você tá me dizendo que tá pegando o garçom da festa dos seus pais?

— Que maneira de falar, Mari! Eu não tô pegando ninguém! Eu e o Chris...

— Com tanto homem gato e rico dando em cima de você?

— O que isso tem a ver, Mari?

— Eu que pergunto, Lily. Garçom! Já sei, é só uns pegas, né? O cara deve ser megagostoso.

— Não é "uns pegas"! Eu estou gostando dele. O Chris é um cara inteligente, você vai ver. Ele estuda aqui na faculdade.

— Como? Aff! Isso que dá a gente ter bolsistas. Daqui a pouco a gente não vai poder cruzar uma esquina sem esbarrar num favelado.

— Mari! Que horror! Desse jeito eu não vou continuar te contando minhas coisas.

— Tudo bem, eu exagerei, vai. Mas me conta. E aí? O que rolou no terraço? Vocês continuaram se vendo depois disso?

— Não rolou nada no dia. O pai dele chegou agitado, a mãe tem um problema de saúde e teve que ser levada às pressas para o hospital.

— Mas e depois?

— Depois a gente se cruzou aqui na faculdade. Eu te falei, ele estuda aqui, tá fazendo Letras. E a gente acabou se esbarrando no primeiro dia de aula. Eu convidei ele pra um café na padaria aqui da esquina e ontem nós fomos num sarau.

— Sarau? Morta *feat* enterrada, amiga.

— Você devia ser menos preconceituosa. Você não sabe o que tá perdendo. Tem muita coisa acontecendo fora do nosso quintal. Esse sarau, por exemplo. Poucas vezes fui num evento tão legal. O fato é que ontem aconteceu um negócio. A gente tava voltando do evento, tinha sido tudo tão bonito... Sabe aquelas noites em que tudo dá certo? A gente se encontrou antes no centro, comemos um yakisoba maravilhoso, o Chris recitou um poema lindo e, na volta, nós nos beijamos dentro do ônibus!

— Tô passada! Sério?

— Sério. Foi o melhor beijo...

— Não é disso que eu tô falando. Você andou de ônibus?

— Pelo visto não vai dar mesmo pra conversar com você — eu disse pegando minhas coisas e me levantando para ir para a sala de aula.

— Não é isso, Lily! — Mari começou a falar, vindo atrás de mim. — Você sabe que eu te apoio em tudo que você faz, mas sarau na periferia, beijo no ônibus... Você não tá exagerando um pouquinho?

— Esquece tudo que eu te falei, Mari. Você nunca vai me entender — encerrei a conversa e apertei o passo. Ela ainda ficou um tempo na lanchonete acertando a conta.

15

— Ei, Lily! — gritei assim que a avistei; ela estava acompanhada de uma amiga, a mesma que eu já havia visto na festa dos pais dela.

Eu estava há um tempo parado em frente à padaria fingindo estar distraído e esperando Lily aparecer. Assim que me ouviu, ela veio ao meu encontro.

— Oi, Chris!

— Ah... então é você o famoso Chris? — brincou a amiga.

— Famoso? — perguntei, sem graça.

— Não liga pro que a Mari diz, Chris. Aliás, deixa eu apresentar vocês. Chris, Mari. Mari, Chris.

Eu e Mari trocamos beijos.

— Tá na correria? — perguntei, em seguida.

— Que nada!

— Tem um tempo pra um pão na chapa com requeijão? — perguntei e percebi que tinha excluído Mari do programa. — Quero dizer, vocês querem tomar um café na padaria?

— Ah, eu quero! — respondeu Mari, rapidamente. — Vou adorar saber um pouco mais sobre o *crush* da minha amiga!

— *Crush*? — perguntei confuso.

— Mari, você não tá atrasada? — perguntou Lily para a amiga, e parecia estar um pouco impaciente.

— Atrasada eu? Pra quê? Eu não tenho nada pra fazer hoje — foi a resposta dela.

— Tem, sim! — insistiu Lily. — Olha só as pontas desse seu cabelo. Estão muito secas. Você tá precisando de uma hidratação urgente!

— Jura? E por que você não me falou isso antes? — perguntou Mari, e ela parecia realmente preocupada com o problema de última hora que tinha acabado de surgir. — Eu vou marcar um horário no salão agora e tomamos esse café outro dia. Prazer, Chris — disse se despedindo.

— Desculpa eu despachar a Mari assim. É que ela é um pouco difícil. É dessas amigas que a gente vai apresentando aos poucos pra não assustar, sabe? Vamos tomar nosso café?

Fomos pra padaria.

— O de sempre? — o atendente perguntou e anotou nossos pedidos.

— Parece que você tem mesmo uma carteirinha aqui — brinquei.

— Esse pão na chapa é o meu único ritual, eu confesso — disse Lily.

— Olha só... uma menina sem rituais. Que privilégio!

— Será mesmo?

— E o que o seu pão na chapa quer dizer sobre você?

— Muita coisa. Na real, a verdadeira questão não está no lanche, mas na rotina. Se você reparar bem, existem duas padarias do lado da faculdade. Uma que fica perto da entrada principal e esta que fica um pouco mais afastada. É claro que todo mundo prefere a outra, que acabou se tornando o ponto mais frequentado após as aulas. Eu venho pra cá, justamente porque não vou esbarrar com quase ninguém. Talvez esse seja o motivo: me esconder. É como se essa padaria fosse a minha casa da árvore. Chego aqui, desligo o celular e passo as tardes estudando, lendo, rabiscando coisas no meu caderno e me enchendo de café, mesmo sabendo que isso vai afetar minha gastrite.

— Gastrite? Mas você não é muito nova pra ter esse tipo de problema?

— Não sei... sabe que uma vez, quando minha mãe cismou de me botar na terapia, a analista disse que eu tinha gastrite porque engolia muito sapo, que a única maneira de me curar era arrotando todos esses sapos.

— E o que foi que você fez?

— Paguei a conta, fui embora e continuei engolindo meus sapos tranquila — soltou, dando uma risada.

— Somos parecidos — eu disse sem pensar muito. — O que talvez queira dizer que nós temos o mesmo hábito: ficar em silêncio um pouco. Gosto das madrugadas.

— Mas você consegue ficar acordado até tarde e depois encarar a aula numa boa? — Lily me perguntou.

— Às vezes dou umas pescadas — admiti. — Você vai cansar de me ver com essa cara de sono durante o dia, porque mesmo tendo que acordar cedo eu vou dormir todo dia lá pelas três da manhã, mas fazer o que se é nas madrugadas que eu ponho em dia as minhas leituras, escrevo meus textos, escuto música?

E a conversa se estendeu tarde adentro. Tínhamos assuntos que não acabavam nunca. Cinema, séries de

TV, viagens, literatura. Fomos nesse embalo e quando percebemos já estava quase anoitecendo. Uma tarde regada a conversa e sei lá quantas xícaras de café.

— Acho que essa sua terapeuta tava por fora — falei. — Se ela soubesse o tanto de café que você toma, iria logo descartar essa história de engolir sapos. Aliás, você não me parece nem um pouco do tipo que engole sapos. Sempre tão direta, com esse olhar sincero que parece me atravessar quando me olha.

Ela aparentava ter ficado sem resposta.

— Bem. Eu tenho que ir. A gente passou a tarde aqui — eu disse.

— Eu também vou indo. Mas antes a gente podia fazer uma coisa.

— O quê? — perguntei.

— Você já conhece a praça do Pôr do Sol?

Entramos no carro de Lily e poucos minutos depois, estávamos na praça. Junto a outras pessoas, ficamos ali por um tempo, sentados, abraçados enquanto esperávamos o sol se pôr. Não fazia um tempo agradável, mas naquele momento eu não me importaria com nada. Nos beijamos.

Na hora de ir embora, ela me deixou numa estação de metrô. Espremido entre todos que se apertavam para entrar no vagão, eu só conseguia flutuar apaixonado.

Depois desse dia, eu e Lily passamos a nos ver com cada vez mais frequência. Nos encontrávamos na faculdade e dia sim, dia não, fazíamos alguma coisa. Parque, exposição, cinema, café. A vida seguia normalmente: eu passei na nova etapa para a bolsa nos Estados Unidos, vez ou outra pegava algum *freela* de garçom, meu pai continuava dando duro pra pagar as despesas da casa, minha mãe estava à espera da cirurgia do implante. Em meio a tudo isso, havia Lily para fazer meus dias comuns muito melhores. *Estávamos namorando? Éramos oficialmente um casal?* Essa e outras perguntas me vinham à cabeça constantemente. Ela ainda não conhecia os meus pais e nem eu conhecia os dela.

Aos poucos fui sentindo essa necessidade de, cada vez mais, trazê-la para o meu mundo. Essa vontade ganhou uma força às vésperas da cirurgia da minha mãe.

— Seria um bom momento pra vocês se conhecerem — disse para Lily. Estávamos na pausa de um passeio de bicicleta.

— Você acha? — ela perguntou.

— Por que não?

— Porque sua mãe vai fazer uma cirurgia na semana que vem, vai ficar um tempo de repouso. Não sei se este é o melhor momento para conhecer a namorada do filho.

— Namorada? — perguntei. Era a primeira vez que ela falava abertamente a palavra.

— É... namorada — ela disse timidamente — Ou você tem algum outro nome? Rolo, paquera, uma menina que eu tô saindo...

— Não! — eu a interrompi. — Namorada. É assim que você vai ser apresentada para a minha mãe. Mãe, esta é a Lily, minha namorada. Mas eu acho que é um engano seu achar que este não é o melhor momento. Você não conhece a minha mãe. Ela é dura na queda, vai sair dessa cirurgia...

— Chris, espera um pouco. Eu quero conhecer a sua mãe quando ela puder me receber da melhor maneira possível, com café e aquele bolo de fubá que você falou que ela faz como ninguém.

— E até lá a gente espera?

— Espera ou...

Ela pareceu em dúvida.

— Ou? — perguntei.

— Ou você vai conhecer a minha família.

Aquele convite me pegou de surpresa. Por mais que parecesse óbvio que eu também fosse conhecer a família de Lily algum dia, ela falava pouco sobre seus pais, o que sempre me deixava com uma pulga atrás da orelha.

— Quando? — quis saber.

— Amanhã, quem sabe?! Minha mãe tá sempre em casa. Só preciso saber se meu pai não vai ter alguma reunião ou outro compromisso.

Deixamos combinado o jantar na casa dela para o dia seguinte. As coisas estavam indo mais rápido do que eu imaginava. Alguns meses em São Paulo e já tinha uma casa, uma faculdade, uma namorada. Enquanto pensava sobre tudo isso, me veio à mente uma frase da dona Helena: **a vida é difícil, mas é boa**.

16

Cheguei em casa na hora do jantar. Como vinha acontecendo nos dias anteriores, minha mãe sempre jogava verde pra tirar alguma informação sobre o que, segundo ela, era o meu novo estado de espírito. Meu pai também estava em casa, o que era um fato surpreendente, já que sempre ligava nesse horário pra avisar que a gente podia começar a comer sem ele, que não iria chegar a tempo. Sentamos os três à mesa enquanto Beth começou a nos servir o jantar.

— Já reparou, Alexandre, como a Lily tá mais bonita? — começou a minha mãe.

— Mais bonita? — perguntou meu pai. — Bem, eu sempre achei nossa filha linda, mas você está fazendo alguma coisa, Lily? Um tratamento pra pele, alguma coisa no cabelo?

— Ou será que é alguma paixonite aguda? — provocou minha mãe.

Em outra época eu teria ficado quieta e desviado o assunto, já que nunca encontro um jeito de falar com os meus pais sobre minhas coisas, mas senti que naquele momento era diferente, que eu devia falar sobre o Chris. Era a primeira vez que alguém entrava na minha vida daquela maneira. Estávamos saindo havia algum tempo, não era apenas um ficante.

— Não se trata de uma paixonite — comecei. — Estou namorando.

Percebi o espanto dos meus pais, já que até então eles não tinham conhecido nenhum namorado meu.

— Olha só! — disse o meu pai, voltando para o prato o garfo que já estava a caminho da boca. — E posso saber quem é o galã?

— Vocês vão conhecê-lo amanhã — disse.

— Que boa notícia, minha filha! Mas que mistério. Como ele se chama?

— Chris. Vocês não o conhecem. Ele está há pouco tempo em São Paulo, faz Letras lá na faculdade.

— Hum... mal posso esperar para conhecer meu genro — disse minha mãe. — Ele gosta de alguma comida especial? Posso pedir pra preparar...

— Mãe, relaxa! O Chris é supersimples! Ele vai gostar da comida daqui de casa.

— Tudo bem. É que eu tô ansiosa, né? Pela primeira vez, minha filha traz um namorado pra conhecer a família.

— Você está crescendo, Lily — disse o meu pai. — Daqui a pouco vai se tornar uma mulher linda, vai se casar, vai embora.

— Ai, gente... Não pesa! — Dei uma bronca neles. — É só um jantar. Ainda vai demorar muito pra vocês me deixarem em paz — brinquei.

Eles deram risada. Estavam bem-humorados. Senti que tinha dado a melhor notícia que eles poderiam receber em anos. Lily, a filha esquisitona, não era tão estranha assim. Ela tinha até um namorado, vejam só. Com sorte, se casaria e lhes daria um neto. Terminamos a refeição. Beth trouxe a sobremesa: brownie aos três chocolates pra mim e pro meu pai e uma salada de frutas pra minha mãe.

— Beth, vou dispensar a salada de frutas hoje — avisou minha mãe.

Era comum minha mãe dispensar a sobremesa, sempre preocupada com um sobrepeso que não existia.

— Pode trazer o brownie pra mim também.

Eu e meu pai trocamos olhares. Dona Renata comendo chocolate durante a semana!

— O que foi? — disse levemente irritada. — Não posso comer um pedacinho de doce?

— Pode — disse meu pai. — É que você...

— Tô feliz, me deixa! E você — disse, virando-se para mim —, pense bem antes de me dar outra notícia como essa. Dizem que a felicidade engorda.

* * *

— Muito nervosa? — me perguntou Chris quando apertei o botão do elevador.

Ele segurou minha mão e eu estava suando frio.

— Um pouco — respondi. — Não é todo dia que você apresenta o namorado pra família.

— Você tá com cara de assustada! Parece que vai desmaiar! Se você quiser, eu volto outro dia. Sei lá... a gente inventa uma desculpa...

— Pelo visto, não sou só eu que tô nervosa, né? — falei sorrindo. — Mas nem pensar! A gente já chegou até aqui, não tem mais como voltar.

O elevador se abriu para o hall de entrada do meu apartamento. Procurei a chave na bolsa. Abri a porta e dei de cara com meus pais, acompanhados de Mari e Fabrício. Não entendi o que eles estavam fazendo ali.

— Mari? Fabrício? — perguntei confusa.

— Oi, filha — apressou-se em dizer minha mãe. — Espero que você não se importe de eu ter convidado a Mari e o Fabri pra esse momento tão especial.

— Eu não me importo — respondi estranhando. — É só que...

— A Mari e o Fabrício são praticamente da família — explicou minha mãe. — E eu achei que seria legal termos a presença de mais um casal jovem.

— Casal? Vocês estão namorando? — perguntei.

— É... Lily, eu acabei não te contando — disse Mari.

— Não, tudo bem — interrompi. — Eu só estou um pouco surpresa, mas a gente fala disso numa outra hora. Bom, papai, mamãe. Esse aqui é o Chris, meu namorado.

— Prazer, Chris! — meu pai estendeu a mão. — Alexandre.

Chris trocou os cumprimentos com todos os presentes na sala. Minha mãe me puxou de lado e nós fomos para o bar, que ficava na outra sala. Antes de sair, ainda dei uma olhada para trás. Chris não parecia nada à vontade. Já estava pensando em como me livrar logo da minha mãe para tirá-lo daquela situação.

— Como que você não me conta que está namorando um garçom?

Faltou pouco para minha mãe gritar de raiva.

— O quê? — digo sem entender nada.

— Não se faça de boba, Lily! Esse rapaz, que você diz que é o seu namoradinho, é garçom. A Mari me contou tudo!

— A Mari não tem nada a ver com a minha vida e você deveria confiar mais na própria filha antes de sair pegando informações com uma amiga que só pensa em dinheiro. E você que vive dizendo que não nasceu rica, deveria entender o meu ponto de vista. O Chris não é garçom, ele trabalha como garçom às vezes, mas mesmo se fosse todos os dias, isso não seria problema nenhum e você teria que respeitá-lo do mesmo jeito que respeita o Fabrício. Ele não é meu namoradinho. Ele é o meu namorado, quem escolhi para compartilhar os meus dias.

Terminei de dizer tudo quase sem respirar. A cada frase que ia dizendo, minha mãe ia se envergonhando. Quando terminei, ela estava tremendo. Encheu um copo de uísque e o virou num gole só.

— Atrevida — ela disse. — Você sempre foi atrevida.

— Corajosa, você quis dizer! Sempre fui muito corajosa. Eu sei que você também tem esses sentimentos, mãe. Eu herdei de você. Só lamento que você tenha se acostumado tanto a viver nesse mundo de tons e semitons pastéis, dormindo e acordando como se estivesse presa no mesmo dia. Eu sei muito bem o que é isso.

— Sabe? — perguntou minha mãe.

— Quer dizer, sabia. Desde que eu conheci o Chris, não sei mais — disse, encerrando a conversa.

Voltei para a sala. Meu pai, a Mari e o Fabrício haviam cercado o Chris como se ele fosse um bicho no zoológico.

— A Lily me disse que você e sua família estão há pouco tempo na cidade — comentou meu pai. — De onde vocês são?

— De Garça — respondeu Chris.

— Ah, muito interessante! — disse meu pai. — Eu não conheço Garça, mas já ouvi falar bastante da sua cidade. É uma cidade pequena, mas que tem despontado como referência em diversos setores da indústria, principalmente na parte de segurança eletrônica. Todo o sistema de segurança da minha empreiteira foi feito por uma empresa de lá.

— Sim, a cidade está crescendo — comentou Chris.

Não consegui deixar de sentir uma certa compaixão pelo meu namorado. Ele parecia se esforçar para manter um papo com o meu pai.

— Outra indústria que começa a crescer em Garça é a cervejeira — continuou Chris, me surpreendendo no seu esforço em estender o assunto.

— Dessa eu não sabia — falou o meu pai. — Me interesso pouco ou quase nada por bebidas nacionais.

— A comida já vai ser servida — anunciou minha mãe.

Peguei Chris pela mão e nos encaminhamos para a mesa. Beth chegou trazendo a entrada.

— Brie com figos assados no mel e balsâmico.

Minha mãe revelou o prato quase gritando. Sua intenção era óbvia: intimidar Chris diante de um prato sofisticado.

— Espero que você goste, Chris! Provavelmente você nunca comeu um figo como esse. Nós compramos num empório aqui do bairro, são importados da Turquia — exibiu-se dona Renata, causando um climão.

— Muito bom! — disse Chris, depois de experimentar o prato. — É a primeira vez que como figos turcos, mas a senhora sabe...

— Você — corrigiu minha mãe.

— Você sabe que figo é uma fruta muito comum no interior. Eu costumava pegar bastante figo pra minha mãe, no pé, pra ela fazer compota.

— Quase a mesma coisa, né? — ironizou Fabrício. — Comparar um prato refinado como este com doce de compota não faz sentido.

— Qual o problema, Fabrício? — reagi nervosa.

— Deixa, Lily — disse Chris. — Tá tudo bem. Eu não comparei os pratos, Fabrício. Desculpa se eu ofendi alguém, foi apenas um comentário. O figo é uma fruta muito comum, só que agora virou gourmet. Mas, ó, dona Renata, estes aqui estão realmente uma delícia. Parabéns!

— Ah, obrigada — agradeceu minha mãe. — Mas depois você pode ir até a nossa cozinha e parabenizar a nossa cozinheira pessoalmente, já que nunca fiz nem um ovo mexido. Quem sabe numa próxima encarnação eu venha uma compoteira de mão cheia como a sua mãe parece ser!

Me segurei para não me levantar imediatamente da mesa. Olhei para o Chris. Ele estava visivelmente constrangido. O jantar mal tinha começado e parecia mais um jogo de quem pode mais.

— Qual o nome dela? — perguntou meu pai para o Chris.

— Dela? — Chris tinha se distraído.

— Da sua mãe — falou meu pai.

— Helena.

— Ora, veja, mas que nome forte! — continuou o meu pai. — Helena, a filha de Zeus!

— Como o seu também — disse Chris. — Alexandre, o Grande.

— Você conhece a Grécia, Chris? — perguntou Mari.

— Não — ele respondeu. — Tenho muita vontade de conhecer vários países, mas infelizmente ainda nunca saí do Brasil.

— Que triste. Não consigo imaginar alguém que nunca tenha ido à Europa — disse Mari provocando.

— O Chris vai pra Nova York ano que vem — intervi.

— Com que dinheiro? — disse Fabrício, soltando uma risada.

— Olha aqui, Fabrício... — aumentei o tom de voz.

— Lily, tudo bem — falou Chris. — A minha ida pra Nova York não está certa. Eu tenho que passar na prova...

— Você vai passar. Eu tenho certeza! — disse.

— Prova? Que prova? — quis saber minha mãe.

— Eu estou estudando para uma bolsa de escrita criativa. É uma das melhores universidades de escrita e tenho o sonho...

— O importante é sonhar. Sonhar é *de grátis*, não é assim que o pessoal fala lá na periferia? De grátis! — disse minha mãe provocando.

— Esse curso de escrita criativa... — falou meu pai. — Você sai capacitado pra alguma coisa? Pra dar aulas, pelo menos?

— Eu não quero fazer esse curso pra me capacitar — argumentou Chris. — Eu o encaro mais como uma experiência de vida. Morar um ano em Nova York, melhorar meu inglês, viver numa cidade incrível, conhecer gente do mundo todo.

— Resumindo — continuou Alexandre —, você quer viver uma grande aventura!

— Por que não? — questionou Chris. — Não é esse o sentido da vida? Fazer o que gosta? Se arriscar? Tentar encontrar o seu caminho? Ser feliz?

— Você fala bonito! Mas é preciso pensar no futuro, meu jovem. E por falar em futuro, Fabrício, como vão os negócios?

— De vento em popa, tio. Nosso escritório agora pegou uma causa grande. Temos trabalho por uns bons anos... Você sabe como a justiça no Brasil é lenta.

— Sei. E o que não é lento neste país, meu rapaz? — brincou meu pai.

— O serviço da nossa cozinha — foi a resposta da minha mãe quando Beth chegou trazendo o prato principal. — Camarão ao curry e alho-poró! Espero que você goste de frutos do mar, Chris.

— Não tenho o hábito de comer muito, mas gosto sim, principalmente daqueles espetinhos de camarão que vendem ali na Liberdade, sabe? — Chris também parecia desafiar os presentes.

— Não conheço, querido. Não vou muito ao centro, acho perigoso — soltou minha mãe.

— O Chris me levou pra comer um yakisoba maravilhoso ali na Liberdade. Vocês deviam experimentar.

— Olha só! O Chris lacrando nas dicas gastronômicas! — disse Mari. — Que restaurante é esse que você levou minha amiga, Chris, que ela ficou tão impressionada?

— Na verdade não é nenhum restaurante — respondeu. — É uma barraca de rua.

Minha mãe parecia cada vez mais nervosa com a situação e não parava de beber.

— E então, Chris? Tá aprovado o camarão? — perguntou dona Renata.

— Muito gostoso!

— Aproveite bem o jantar grã-fino, vai saber quando será a próxima vez — provocou Fabrício.

— Fabrício, aonde é que você está querendo chegar? — perguntei.

— Chegar? A lugar nenhum!

— Basta deste teatrinho! — explodi. — Cansei de tentar ser educada. Vocês se acham muito elegantes só porque têm dinheiro ou frequentam lugares exclusivos, mas sabem de uma coisa? Vocês não passam de um bando de cafonas que se acham superiores só porque comem figos importados ou viajam pro exterior! Vocês não têm o mínimo de um ser humano decente. Porque vocês não têm educação, não têm empatia. Falta respeito ao próximo e generosidade.

— Lily, minha filha! Acalme-se! — meu pai tentou me controlar.

— Eu não vou me acalmar porque isso que vocês estão fazendo é uma tremenda...

Não consegui terminar minha frase. Olhei para o Chris, ele estava com a pele do rosto vermelha, parecia ter dificuldade para respirar.

— Chris! Você tá bem?

Ele não conseguia me responder.

— Alergia! O rapaz deve ter tido alguma reação alérgica à comida. Pode ser o curry, eu conheço um amigo que...

— Alguém me ajuda! — gritei desesperada.

Meu pai se levantou da mesa e apoiou Chris no seu ombro. Começou a levá-lo para fora de casa.

— Eu vou tirar o meu carro da garagem — falei agitada. — Vou levar ele pro pronto-socorro.

Meu pai já estava no hall chamando o elevador. Fui correndo atrás dele. Bati em retirada, mas a tempo de ainda ouvir a minha mãe dizer:

— Logo agora que eu ia servir a sobremesa. Tinha pedido pra fazer algo tão brasileiro, acho que ele ia gostar. Queijo com goiabada.

* * *

A alergia do Chris parece não ter sido grave. O médico disse apenas para ele ficar atento com relação aos alimentos que ele havia ingerido naquele dia e lhe deu um remédio.

— Eu te deixo em casa — falei assim que ele foi liberado.

— Não precisa — respondeu.

— Eu faço questão.

— Não precisa. Mesmo.

Eu segurei sua mão, mas ele se soltou rapidamente. Tentei dar um beijo no seu rosto, mas ele saiu andando apressado. Fui atrás dele e o apanhei na calçada do hospital.

— Ei, Chris! O que tá acontecendo?

— Você ainda me pergunta o que tá acontecendo? — ele estava alterado.

— Eu sei que a minha família é difícil, mas eu não tive nada a ver com isso...

— Será que não?

— Como assim? O que você tá querendo dizer?

— Ficou muito claro, Lily, que seus pais não sabiam nada sobre mim, que você pouco falou sobre a gente. Ou melhor, você escondeu.

— É verdade. Eu não falei muito da nossa relação porque meus pais são complicados, mas foi por isso que eu quis marcar esse jantar hoje. Foi um desastre, mas a culpa não é minha. Eu nem sabia que meus pais tinham chamado a Mari e o Fabr...

— Vergonha — ele me interrompeu. — Você tem vergonha de mim.

— O quê? De onde você tirou isso? Se eu tivesse vergonha de você, eu não teria te levado pra conhecer meus pais, eu não estaria com você há quase dois meses!

— Quase dois meses que você não me apresentou a um amigo sequer a não ser a Mari e mesmo assim porque ela se impôs!

— Eu também não conheço seus amigos — tentei argumentar.

— Lily, eu estou há pouco tempo em São Paulo, quase não tenho amigos aqui. E quando tentei te apresentar a minha família, você inventou uma desculpinha...

— Não foi uma desculpinha! Eu quero conhecer os seus pais. Você precisa entender que eu não te apresentei pros meus amigos porque eu não tenho a mínima identificação com eles. Nem com eles, nem com o mundo em que eu vivo. Eu passei a minha vida inteira como um peixe fora do aquário. Até te conhecer! Você precisa entender que eu não sou como os meus pais. Eu não sou igual a eles.

— Será que não?

— Chris, olha o que você tá falando. Você tá sendo cruel comigo.

— Eu tô sendo cruel? Será que você é mesmo assim tão diferente dos seus pais? Será que você se lembra o que me falou quando a gente se conheceu? "Um garçom que lê poesia..."

— Eu me expressei mal. Eu já te pedi desculpas. Achei que isso tivesse ficado no passado.

— Eu também. Mas acontece que toda vez que eu tiver que conviver com os seus pais ou com as pessoas do seu meio, meu passado vai ficar voltando. Porque não importa quão bem-sucedido eu consiga ser, pra eles eu sempre vou ser o garçom que trabalhou naquela festa.

— Esquece os outros. Olha pra mim. Chris sou eu, a sua Lily!

— Eu sou um romântico, só que a vida real é dura, Lily. Enquanto você vive indecisa sobre o que fazer da vida, recebendo a mesada dos seus pais, eu tenho que ter uma meta e seguir em frente.

— E toda aquela conversa de se arriscar e tentar ser feliz?

— Conversinha. Eu tenho que botar minha cabeça em ordem, conseguir um bom emprego e que me dê dinheiro. Só assim eu vou ser alguém, só assim eu vou ser respeitado. A gente termina por aqui.

— O que você tá querendo dizer?

— Foi bom enquanto durou, Lily. Eu te amei, mas não dá mais.

— Amou?

— A gente não tem futuro. É a cabeça, Lily, é a cabeça e não o coração que manda na merda desse mundo — ele disse e foi embora.

Antes de partir, eu consegui gritar:

— Eu ainda vou te provar que você tá errado:

É o coração, Chris! É o coração que manda na merda desse mundo!

17

Correu tudo bem com a cirurgia de TRC da minha mãe. Depois de alguns dias de repouso no hospital, ela voltou para casa. Pronta para uma vida normal. Ou quase normal, o que dá no mesmo. "Evite exercícios físicos mais fortes que podem fazê-la cair ou atingir seu local de implante. Antes de passar por uma porta eletrônica, diga ao pessoal da segurança que você tem um dispositivo cardíaco e mostre seu cartão de identificação." Essas e outras recomendações médicas eram seguidas à risca por dona Helena. Ela continuava com sua vida simples, envolta nos afazeres domésticos e as saídas para os exames e consultas de rotina. O TRC iria ajudá-la até o transplante de coração.

Ela estava até mais animada. Tinha começado a fazer aulas de hidroginástica e até um novo empreendimento parecia surgir no horizonte, graças a uma mãozinha do Andrei que, sem querer, ajudou minha mãe nessa nova empreitada quando postou a foto de um bolo dela no seu Instagram. O bolo de cenoura com chocolate acabou ganhando muitas curtidas. Quando mostrou a imagem para a minha mãe, ela se animou de imediato.

— Como é que eu faço pra ter um negócio desses?

O negócio era uma página no Insta que eu rapidamente tratei de criar.

Ensinei para a minha mãe o que ela precisava fazer para atualizar o seu perfil e postar as fotos. Dia após dia, ela começou a publicar imagens de doces diferentes. Havia para todos os gostos. Bolos, pudins, pavês, docinhos de festa. Na descrição da foto ela colocava o telefone para encomendas. Não demorou muito para que o mais novo comércio da família Figueiredo começasse a bombar.

Meus dias também ficaram mais agitados. Dividia minha rotina entre ajudar a minha mãe nas entregas das encomendas, os *freelas* de garçom e os estudos para a faculdade e a bolsa americana. No meio de tudo isso, eu não abria mão das minhas leituras. Comecei a dormir cada vez menos. Parecia até que meu corpo estava sofrendo, se habituando à nova rotina, já que eu quase não sentia sono durante o dia. *É o ritmo dessa cidade*, pensei, *estou me acostumando ao ritmo dessa cidade*.

Só depois de um tempo é que eu fui perceber que tinha entrado nesse dia a dia louco para não pensar. Ou melhor, admiti para mim mesmo que tinha me jogado nessa onda de estudos e trabalho para esquecê-la. Esquecer o seu rosto, sua voz, seu jeito de mexer nos cabelos, nossos papos regados a café. Eu e Lily trocamos algumas poucas palavras depois da nossa discussão. Havia sido uma briga feia. Eu disse coisas que não queria ter tido. Machuquei. Saí machucado.

Em breves telefonemas e mensagens decidimos que seria realmente melhor deixar como estava. Marcamos um último encontro e demos um tempo. Nunca entendi muito bem esse negócio de dar um tempo. Sempre achei isso frescura de gente rica que não quer encarar as coisas como elas realmente são. Ou você está com alguém ou não está. Mas Lily me propôs um pacto.

— Tudo bem. Eu aceito terminar — ela começou a dizer. — Mas com uma condição.

— Condição? — estranhei.

— Sim. Condição. A gente vai parar de se ver. Vai parar de se falar, de trocar mensagens ou qualquer outro tipo de contato. Durante dois meses. Nada, nadinha. Nem um "oi", nem um "bom-dia", nem um "tá tudo bem?". E, nesses dois meses, eu vou tentar te tirar completamente da minha cabeça, vou viver a minha vida, tentar me divertir nas festas, sair, ir ao cinema, ler, ocupar os meus dias com um milhão de coisas. E você vai fazer o mesmo.

— Não precisa ser assim tão radical. A gente não precisa cortar relação. A gente pode continuar sendo amigo...

— Dois meses — ela parecia firme na sua proposta. — Sem nenhum tipo de contato. E então, sem falar nada, a gente se reencontra depois da aula, na padaria.

— Sem combinar nem marcar nada?

— Já deixamos combinado agora. Se a gente se lembrar na data marcada, isso é um sinal de que não houve um dia sequer em que nós conseguimos deixar de pensar um no outro.

Foi a última coisa que ela me disse antes de sair andando sem ao menos se despedir com um beijinho no rosto. Vê-la se afastando enquanto eu ficava ali parado foi uma das atitudes mais difíceis da minha vida. Ou melhor dizendo, falta de atitude. Por que eu não corri atrás dela e gritei: "Vamos deixar tudo isso de lado, a gente nasceu um pro outro"? Por que não fiz qualquer coisa para impedi-la de ir embora, não me deitei no chão, não me joguei aos seus pés? Era a Lily, a minha Lily, a garota doce e especial que me fazia rir nas horas mais inusitadas, a mulher com quem eu tinha sonhado mesmo antes de conhecê-la, a pessoa que me completava como ninguém tinha feito até então. Partia sem garantia de voltar. E eu me senti um completo idiota, com a sensação de que talvez estivesse desperdiçando a maior chance que a vida havia me dado.

De lá para cá, dois meses se passaram e aqui estou eu na aula de texto sem conseguir prestar atenção em nada do que a professora fala, só pensando no encontro marcado para daqui a pouco menos de duas horas.

O que terá acontecido a Lily durante esse tempo? A vida da gente muda em questão de segundos, o que dirá em dias, semanas, meses? Dois meses é tempo mais do que suficiente para acontecer praticamente tudo ou absolutamente nada. Quando dou por mim, já está na hora do encontro. Vou até a padaria. Lily ainda não chegou. Vai chegar? Entro e me sento numa mesa – a nossa mesa de sempre – e peço uma água com gás. Não quero pedir o pão na chapa com requeijão antes de ela chegar.

Alguns minutos se passam. Olho no celular ansioso, já não consigo disfarçar o nervosismo. Dez, quinze minutos, meia hora. *Se a gente se lembrar na data marcada, isso é um sinal de que não houve um dia sequer em que nós conseguimos deixar de pensar um no outro*. Pelo visto, dois meses havia sido um tempo mais do que suficiente pros interesses dela mudarem. Pego minha comanda, me levanto triste. Ela entra correndo.

— Já tava indo embora? Será que eu não mereço nem um tiquinho de crédito? — ela vai logo dizendo.

— Você está mais de trinta minutos atrasada. Achei que...

— O professor de edição me segurou para discutir um trabalho. Enfim, estou aqui. E aí? Já pediu alguma coisa?

— Tava te esperando.

— O de sempre?

Dou risada, ela pede dois pães na chapa com requeijão e cafés.

— Tá mudado. Fez alguma coisa? Já sei! Cortou o cabelo.

— É... já tem um tempinho.

— Mas é que eu não te vi, né? Quer dizer, via às vezes, passando pelos corredores, mas de longe. Tentei seguir o nosso pacto.

— Eu também saía da aula e ia direto pra casa. Minha mãe abriu um negócio, tô dando um *help* pra ela.

— Olha só! Negócio? Me conta mais sobre isso?

— Quer dizer, não é bem um negócio assim formal. A gente tá engatinhando, mas se tudo der certo, logo a gente abre firma e faz tudo direitinho. Ela começou a postar fotos dos bolos e doces dela no Instagram. No começo a gente achou que não ia dar muito certo, mas você sabe que tá indo superbem? Tem chovido encomendas.

— Que legal! Me passa a página dela. Vou começar a seguir.

Passo o endereço da minha mãe e Lily abre o Insta.

— Só de olhar já dá água na boca. Como é que você consegue ser magro com sua mãe fazendo todos esses doces?

— Ah... o segredo é comer um pouquinho de cada.

— Nossa! Eu sou como uma formiguinha. Sabe que quando eu era mais novinha vivia pilhada com essa questão do corpo? Não podia engordar cem gramas que já corria pra fazer dieta. E às vezes eram umas dietas malucas, sem acompanhamento nenhum. Eu lembro que, mesmo nessa época, eu não abria mão do chocolate, mas era tão paranoica que só colocava um pedaço na língua pra sentir o gosto e depois cuspia.

— Que loucura!

— Pra você ver o que a opinião dos outros pode fazer com a nossa vida! Eu nem era muito gordinha, só tava longe de ser magrinha.

— E quando foi que você percebeu que não precisava fazer essas dietas malucas?

— Quando eu passei a ouvir mais meu coração e ele me disse que tudo bem ter uma gordurinha aqui, outra ali. Ser perfeito é muito chato. Vem cá, mas você falou da sua mãe. Lembro que quando a gente ainda namorav... quando a gente ainda tava se falando, você me disse que ela ia passar por uma cirurgia. Como é que foi? Correu tudo bem?

— Correu. Correu, sim. Minha mãe já tá pronta pra outra, tanto que resolveu até botar a mão na massa.

— Mas eu me lembro de você dizer que o estado dela exigia atenção.

— Ainda exige. Na real, a gente ainda tá à procura de um doador de coração. O caso da minha mãe é grave. O implante de TRC, que é o nome desse dispositivo que foi implantado no corpo dela, tem ajudado, mas ela precisa mesmo é do transplante.

— Logo vocês encontram um doador — ela tentou me animar.

— É o que eu mais desejo nesse momento. Desde que a gente saiu de Garça o médico já tinha dito que era uma questão de tempo. Dois anos, no máximo. Só que o tempo tá passando.

— Ele passa. Pra todo mundo.

— E você? O que tem feito da vida?

— Muita coisa! Minha vida também mudou bastante nesses últimos dois meses. Eu saí de casa.

— Tá brincando!

— Tô falando sério. Desde aquele jantar e a nossa discussão, eu achei que já era hora de eu dar um jeito na minha vida. Você tava certo quando falou...

— Lily, eu não tava certo coisa nenhuma. Eu quero te pedir desculpa. Fui estúpido com você.

— Chris, tudo bem. Eu também teria ficado mal se tivesse sido colocada numa situação como aquela. Mas, enfim, eu decidi que era o momento de sair um pouco das asas dos meus pais. Arrumei um emprego, aluguei um quarto e sala.

— Emprego? E tá trabalhando com quê?

— Tô trampando numa produtora de documentários. Ainda não é bem o trabalho dos meus sonhos, mas pra um primeiro emprego, sabe até que eu tô gostando? Não pagam muito bem, mas pelo menos as despesas do mês estão garantidas, e ó, sem a mesada dos meus pais.

— Nossa! Isso é que eu chamo de novidade! Você fez praticamente uma pequena revolução na sua vida.

— Posso dizer que eu tenho feito pequenas revoluções desde que... — ela parou de falar de repente.

— Desde que? — insisti.

— Desde que te conheci. É como se, de uma hora pra outra, eu deixasse de ser a pessoa mais estranha do mundo porque encontrei o seu olhar. E tava indo tudo tão bem, mas de uma hora pra outra tudo deu errado.

— Mas a gente pode fazer dar certo. Esses dois meses que a gente passou sem se falar foi um tempo muito importante pra mim.

— Importante? — ela pareceu confusa.

— Você tava certa. Eu me dei conta de que não quero ficar mais um segundo longe de você. Quer dizer, isso se você ainda me quiser.

Neste momento, eu e Lily nos aproximamos. Pude sentir sua respiração e o seu pulso acelerados antes de nos beijarmos. Como eu sonhei com aquele reencontro! Tinha passado dias e noites imaginando como seria aquela conversa, pensando num jeito de me desculpar, nas palavras que usaria para impressioná-la. E agora, ela estava ali, seu rosto colado ao meu.

— E quando é que você vai conhecer a minha casa nova? — ela perguntou logo após o beijo.

— Assim que você for conhecer a minha. Lembra que tá devendo uma visita pra minha mãe?

— Eu costumo pagar as minhas dívidas.

— Ótimo! Então já vou avisando a minha mãe pra colocar mais água no feijão.

Sorrimos. Tive a certeza de que era um sujeito de sorte, de que naquele momento não existia nenhum homem na face da Terra mais feliz do que eu.

18

Logo que saí da casa dos meus pais, parei de aceitar qualquer tipo de ajuda financeira deles. No começo foi um pouco difícil me adaptar a um estilo de vida mais simples, sem os luxos a que estava acostumada. Por esse e por outros motivos, vendi o meu carro, o que me garantiu uma boa reserva para os meses seguintes, um complemento para o salário da produtora, que não era muito.

Desde então tenho falado pouco ou quase nada com eles. Foi uma decisão difícil, mas muito pensada. Queria me descobrir além das minhas raízes, pensar em quanto de mim realmente sou eu e não uma extensão deles. Alugar uma quitinete no centro foi praticamente uma revolução. Minha mãe chegou a dizer que eu tinha surtado, que não ia demorar muito para eu cair na real e voltar para casa.

O que ela não sabia é que eu já tinha caído na real. E o real era o mundo que eu havia escolhido para viver e não aquela vida fútil que vivíamos. Pode parecer que tudo isso faz parte de um ensaio – "Menina rica descobre que existe pobreza quando cruza os portões do palácio" –, mas tenho cada vez mais certeza de que esta será a minha vida daqui em diante. Tenho acordado cedo, inclusive aos finais de semana, quando desço até a padaria da esquina de chinelo com um livro embaixo do braço e peço meu café. Durante a semana vou e volto para o trabalho e a faculdade de transporte público. O ônibus às vezes demora para passar, o metrô tá sempre lotado. Não morri por causa disso. Continuo viva.

Agora espero Chris numa rua movimentada do centro para uma manhã de sábado e enxergo as coisas de verdade, sem os muros de condomínios que mais parecem fortalezas ou filtros do Instagram. O mundo real tem cores, sons e cheiros que nem sempre são agradáveis. Pelo contrário, pode ser louco, difícil, forte. Ou colorido. Ou tudo isso junto e misturado. Como um *frame* de cinema que muda a cada segundo, acompanho a vida num grande centro urbano. Gente passando depressa, moradores de rua, carroceiros e seus cachorrinhos, homens-placas que compram ouro...

— Demorei? — me pergunta Chris.

Eu me distraio observando um gato preto que cruzou rapidamente o meu caminho. Ele percebe meu susto.

— Desculpa. Te assustei?

— Sem problemas, tava aqui olhando aquele gatinho — aponto para o animal.

— Dizem que gato preto dá azar.

— Não acredito nisso — digo.

— E então? Preparada?

— Acho que sim. Você me prometeu que a sua família era sussa.

— Não costumo faltar com a minha palavra — ele diz enquanto andamos em direção à estação de metrô.

Um pouco mais de uma hora e chegamos na casa dele.

— Até que enfim! — me diz dona Helena assim que entramos. — Achei que nunca fosse conhecer a tão famosa Lily!

— Famosa, eu? — digo envergonhada. — Imagina! Pelo que eu tô sabendo, famosos são os bolos da senhora.

— Você — ela me corrige com simpatia. — É, não vou negar. Meus bolos até que estão tendo uma boa saída. Graças a estes meninos — ela aponta para Andrei e Chris.

Além deles, também estão presentes o pai de Chris, seu Wanderley, e os tios Eduardo e Letícia. Ao que tudo indica, minha presença fez todos se reunirem.

— Graças a você, tia! — diz Andrei. — Eu e o Chris só ajudamos na divulgação, mas quem faz esses doces deliciosos é você. Os clientes não teriam aparecido só por causa das belas imagens.

— Hum... não vejo a hora de experimentar esses doces, dona — me corrijo — quer dizer, Helena.

— Claro! Vai ser um prazer — ela me diz. — Já andei sondando um pouco do seu gosto com o Chris e espero que eu não a decepcione.

— Tenho certeza de que isso não vai acontecer.

Chris me apresenta para o restante da família. Um clima de festa toma conta da casa. Sou cercada pela mãe e pela tia, que se atropelam em perguntas sobre mim. "Quantos anos você tem? Qual a sua profissão? Qual a cor desse esmalte? Você pintou o cabelo? Jura que você não conhece essa música? Você já viajou pro estrangeiro? Aquela torre de Paris é isso tudo mesmo que falam?"

O que, a princípio, me pareceu invasão foi se revelando zelo e atenção. Helena parecia ansiosa para me conhecer. Aos poucos as perguntas foram sendo deixadas de lado e substituídas por casos da infância de Chris, da família, da vida no interior. Quando dei por mim, fazia um tempão que estava escutando todas aquelas histórias, principalmente dona Helena. Eram narrativas de humor, afeto, ternura e amor. Amor pela sua família.

Me chamou a atenção como, em todo o tempo, seu Wanderley olhava a esposa, como se fosse a primeira vez que a estivesse ouvindo falar. Seus olhos sorriam com cada lembrança que ela contava enquanto dizia meio envergonhado: "Leninha tem cada ideia...". Estavam casados há décadas e, no entanto, pareciam um jovem casal de namorados.

— Eu disse que essa seria a melhor pizza marguerita que você ia experimentar em toda a sua vida.

Era Chris quem chegava me trazendo um pedaço da pizza que ele tinha acabado de fazer. A conversa com Helena e Letícia estava tão boa que eu nem tinha visto o tempo passar.

— Hum... — disse, experimentando o primeiro pedaço, cinco longos segundos de tensão.

— E então? Gostou? — perguntou Chris apreensivo.

— Olha, não vai se achar, mas nem em Roma eu saboreei uma pizza tão gostosa assim! — disse para alegria geral de todos enquanto brindamos com cerveja.

A sobremesa veio em seguida. A torta de limão da dona Helena foi-se embora tão rápido quanto chegou. Comi três pedaços. Há tempos não me lembrava de passar uma tarde tão agradável, num ambiente aconchegante, cercada de pessoas acolhedoras. Quase tive a impressão de que havia nascido naquele lugar, no meio daquela família.

Tudo parecia em paz, mas não foi bem isso que descobri quando minutos antes de ir embora, a caminho do banheiro, escutei a conversa entre Wanderley e Eduardo.

— Você tá falando sério? — perguntou o tio do Chris.

— E você acha que eu ia brincar com uma coisa dessas, Edu? — perguntou Wanderley. — Sério! Eu não quero que a Leninha e o Chris descubram, mas a padaria já estava no vermelho há um tempão. Todos esses anos, o custo com o tratamento, os remédios... se botar as coisas na ponta do lápis, é muito dinheiro. Eu fui fazendo alguns empréstimos no banco e você sabe como são essas coisas. Quando eu vi a bola de neve já tinha virado uma avalanche. Eles me botaram no pau. Eu acabei de perder na última instância.

— Como eu nunca fiquei sabendo disso? Geralmente esses processos são demorados...

— Eu mantive tudo em segredo. Não quis que ninguém descobrisse.

— Deve ter sido uma barra passar por tudo isso sozinho.

— Eu não me importo. O problema é que agora eu perdi tudo. Nossa casa em Garça, a padaria, vai ser tudo penhorado, com tudo o que tem dentro. Eu já não sei o que fazer... Não sei como arrumar dinheiro pra continuar o tratamento da Helena.

— Calma! Calma que pra tudo se dá um jeito. Só não tem jeito pra morte.

— É justamente pra evitar a morte que cheguei nessa situação. E, quer saber de uma coisa? Não me arrependo de nada! Pra salvar a minha mulher, eu faria tudo de novo! Mas as coisas não estão indo nada bem, além de tudo isso... — seu Wanderley parou de falar, seu tom de voz estava visivelmente emocionado, parecia prestes a chorar.

— Tem mais alguma coisa?

— A Leninha. Ela não reagiu bem ao implante de TRC. Nós não contamos nada pra ninguém. Ela pediu que eu não dissesse nada. Por causa do Chris. O menino já tem muita coisa pra se preocupar, a faculdade, a prova da bolsa nos Estados Unidos que ele vai fazer amanhã.

— Eu achei que tinha corrido tudo bem com o implante desse dispositivo.

— Nós também — disse seu Wanderley. — Só que o médico explicou pra gente que às vezes essa rejeição não aparece na hora, mas alguns meses depois. É o que tá acontecendo com a Leninha. O último exame detectou um início de necrose do músculo cardíaco. Se ela não encontrar um doador logo...

Seu Wanderley não concluiu e caiu no choro. Eu estava parada, ali no meio do corredor, tensa com o que tinha acabado de ouvir, quando Chris apareceu.

— Aconteceu alguma coisa? — me perguntou.

— Não. Nada — respondi rápido, tentando despistar. — Só tô meio perdida. O banheiro...

— Lily, minha doidinha — ele disse. — Essa casa não é tão grande assim, primeira porta à esquerda.

Fiquei algum tempo pensando sobre a conversa entre o pai e o tio do Chris. De repente, tudo parecia nublado. Voltei para a sala pra me despedir das pessoas, mas não conseguia mais disfarçar o meu sorriso. Queria fazer algo. Algo que realmente modificasse a vida daquela família.

19

Previsão do tempo: ele está passando. E eu diria que rápido demais. Há um ano eu não tinha ideia de como estaria a minha vida hoje em dia. Pensava numa vida pacata no interior, estudos e família, nada muito diferente disso. E agora, estou aqui, morando na maior cidade do Brasil, fazendo Letras numa ótima faculdade, namorando a garota dos meus sonhos enquanto a vida dos meus pais parece se ajeitar, ainda que apreensivos à espera de **um coração**.

Há um ano eu nem tinha começado a estudar para a prova do curso de escrita no Estados Unidos. Só ficaria sabendo da bolsa alguns dias depois. Lembro que minha primeira reação foi algo do tipo: *Deixa essa maluquice pra lá, Chris, até parece que você vai morar em Nova York.* Isto porque num primeiro momento os sonhos nos enchem de medo. Sonhar causa uma espécie de assombro, já que a gente nunca sabe o que vem depois que os sonhos se realizam. E é preciso coragem pra peitar o desconhecido. Coragem é literalmente o que vem do coração.

Todos esses pensamentos me vêm à mente enquanto caminho pelo centro de São Paulo ao encontro de Lily. É sábado, véspera da minha prova, aliás, a última etapa de um processo que começou há meses. Amanhã passarei a tarde inteira fazendo o último exame para a bolsa americana, o único presencial. Acho que me dediquei bastante aos estudos nestes últimos tempos e, por isso, tirei o dia para relaxar. Não sei bem se relaxar é a palavra certa, já que existe uma tensão grande na apresentação da sua namorada para os seus pais. Por mais que meus velhos sejam tranquilos, sempre fica aquela pressão para que as coisas saiam bem. *Será que eles vão gostar dela? Será que ela vai achá-los muito caipiras? Vai achar minha casa muito simples? Vai gostar da comida? Será que vai chover e ela vai ver a goteira da sala?*

Vejo Lily parada no local que havíamos combinado e vou até ela.

— Demorei? — pergunto e percebo que ela se assusta, estava distraída. — Desculpa. Te assustei?

— Sem problemas, tava aqui olhando aquele gatinho — ela aponta para o bichinho, só vejo o rabo dele cruzando a esquina.

— Dizem que gato preto dá azar — comento.

— Não acredito nisso — ela sorri.

— E então? Preparada?

— Acho que sim. Você me prometeu que a sua família era sussa.

— Não costumo faltar com a minha palavra — brinco e começamos a caminhar em direção ao metrô.

* * *

Ergo minhas mãos pro céu em sinal de agradecimento. Deu tudo certo. Meus pais gostaram dela, ela não para de falar um segundo no quanto minha mãe é maravilhosa, adorou minha pizza marguerita e comeu três pedaços da torta de limão da dona Helena, que eu reparei. O sol já está se pondo quando eu e Lily decidimos ir embora. Ela me chamou para dormir na casa dela. Coloco minhas coisas na mochila e me despeço do pessoal. Além dos meus pais, chamei meus tios e o Andrei – que já conhece a Lily, é seu professor de roteiro – para passar a tarde com a gente.

Descemos na estação Anhangabaú. É início de primavera e alguns ipês aparecem floridos em seus tons de roxo e amarelo, o céu estrelado indica que amanhã será um dia ensolarado. Apesar da noite agradável, estou particularmente tenso, e o motivo não é a prova do dia seguinte. É que esta é a primeira vez que eu e Lily vamos dormir juntos.

Desde que começamos a namorar sempre tivemos um certo problema de logística, se é que posso colocar as coisas dessa maneira. Ela morava com os pais, eu também. É claro que em vários momentos batia aquela vontade e a gente acabava avançando o sinal, mas nunca seguíamos em frente. A Lily é a garota mais especial que eu já conheci, o que também pede um momento especial, num lugar especial. Encontramos esse lugar. Sua casa, onde enfim...

Passamos antes num mercadinho. Sugiro um vinho.

— Tinto ou branco? — ela pergunta.

— Branco — respondo tentando impressioná-la, já que detesto vinho branco, mas acho que é mais fino e faz sentido para a ocasião.

Além do vinho, compramos alguns queijos e algo para a sobremesa. Faço uma cara natural quando vejo o preço do sorvete importado de baunilha que Lily pegou. *Não dá pra ficar levando a garota pra comer na rua o tempo todo, além do mais você tirou uma boa grana esse mês com os freelas*, penso enquanto tento me acalmar. No caixa, ela pede para a atendente passar a compra no seu cartão, mas eu me apresso em dizer que é para dividir. Pegamos as sacolas e vamos para o seu apartamento.

— Que vista linda! — digo assim que ela abre a janela.

Ela mora num andar alto, e dá pra ver São Paulo toda iluminada.

— Foi uma das primeiras coisas que eu reparei quando entrei aqui. Queria um apartamento com vista. Já que ele é tão pequeno, pelo menos uma vista assim tinha que ter, né? Ver o horizonte é sempre bom!

— Ótima escolha. Bem mais alta do que a nossa primeira vista — brinco.

— É verdade. — Ela dá uma risada, mas percebo que ela também está nervosa.

Desde que saímos da minha casa, na verdade, ela me pareceu um pouco preocupada, mas pensei que pudesse ser por tudo o que estava pra acontecer naquele apartamento.

— Tá tudo bem? — pergunto.

— Tudo. E você? Tá nervoso com a prova amanhã?

— Ainda não — ri. — Quero só ver quando chegar a hora.

— Então vamos deixar pra amanhã tudo isso. Vou abrir o vinho. Mas, olha — ela diz, tirando um espumante da geladeira —, esse aqui é pra comemorar a sua aprovação.

— Você vai ficar feliz se eu passar?

— Claro que vou, Chris! Que pergunta é essa?

— Ué, sei lá... você já sabe o que vai acontecer se eu passar, né?

— Você vai se mudar pra Nova York e conhecer gente do mundo todo, vai caminhar pela Fifth Avenue e comer um delicioso hambúrguer no Grand Central Terminal, e várias outras coisas que só Nova York vai te oferecer.

— Tudo isso longe de você.

— Quem disse?

Ainda demorou um tempo para minha ficha cair.

— Você tá querendo dizer que...

— Eu também vou pra Nova York — soltou Lily enquanto meus olhos se encheram de lágrimas.

Nos abraçamos. Por instantes, ficamos sem dizer nada, sentindo a respiração um do outro.

— Esse perfume é novo? — perguntei depois de um tempo.

— Eu te disse que muita coisa havia mudado nesses últimos dois meses. Até o meu perfume mudou. É uma mania que eu tenho desde mais novinha. Uso um perfume para cada cidade que eu visito.

— Cidade? Como assim? Que misteriosa...

— Não sou misteriosa — ela diz enquanto abre a garrafa de vinho. — Sou discreta. A mulher mais discreta do mundo...

— Essa que não tem nenhum segredo — completei.

— Como você sabe que eu ia dizer isso?

— Acho que é uma mania sua — sorri e continuei — citar o trecho desse poema. Eu já tinha ouvido você dizer esse verso durante a festa de bodas dos seus pais.

— Quando a gente se encontrou no terraço... não foi a primeira vez que você me viu?

— Não. Nem na festa.

— Como assim? Do que você tá falando? E depois eu é que sou misteriosa.

— A primeira vez que eu te vi foi num aplicativo de namoro. Dei *like*, mas parece que alguém não me curtiu.

— Sério? Eu quase não usava o aplicativo. Baixei e acabei deletando pouco tempo depois — Lily falava enquanto enchia nossas taças. — Ah, mas quer dizer então que você já estava me *stalkeando*.

— Eu diria "admirando".

— Bobo... — ela sorriu, abaixando o olhar.

— Mas e essa história de um perfume pra cada cidade? Que eu saiba você continua morando em São Paulo.

— Mas é praticamente como se eu tivesse me mudado. Essa cidade é muito grande. O lugar em que eu moro hoje está muito distante do que eu morava antes, e não estou falando de bairros, não.

— Hum... mas essa história de Nova York... Você tá falando sério?

— Pelo visto tem alguém que não está acreditando em mim — ela brincou. — Já tá decidido. Eu não estou muito certa se ainda quero terminar a faculdade. Acho que vai ser bom viver como estrangeira num outro país, já que cansei de ser estrangeira na minha própria cidade.

— E depois?

— E depois o quê? Você me parece bastante ansioso pra quem não tava nem preocupado há minutos atrás.

— Não tô ansioso. Você tem a sua mania de perfumes, eu tenho a minha de projeções.

— E que mania é essa?

— É assim — tento explicar. — Eu penso em nós dois, Chris e Lily, e projeto nossa vida daqui a um ano, depois daqui a dois anos, quatro, dez, vinte.

— E o que você vê no nosso futuro?

— Bem... Muita coisa, mas vou tentar resumir...

2018

Chris e Lily se mudam para Nova York. O começo não é muito fácil. Chris ainda não tem dinheiro para pagar pela hospedagem e, por isso, vive no alojamento da universidade com seus colegas de quarto, um português e outro espanhol, por sinal, muito legais. Lily acha uma vaga num apartamento próximo à universidade. Estuda durante o dia e faz alguns bicos numa agência de publicidade para pagar as despesas. Eles se veem sempre que podem para matar a saudade, essa palavra que nenhuma outra língua estrangeira consegue definir.

2020

Chris e Lily já estão há dois anos em Nova York. As coisas melhoraram um pouco. Eles já têm empregos melhores. Ela descobriu sua vocação para a fotografia. Ele é assistente de redação da *New Yorker*. Moram juntos num pequeno apartamento no SoHo, mas de vez em quando se hospedam no Chelsea Hotel para sentirem um pouco do clima daquele ambiente por onde já passaram tantos hóspedes famosos.

2024

Chris e Lily já estão há seis anos em Nova York. Ele é colunista da *New Yorker*. Ela, fotógrafa de uma importante revista de turismo. Sempre que podem viajam para várias cidades do mundo. Na última viagem deles para Paris, Lily descobriu que estava grávida. A vida anda muito agitada. Eles decidem que vão desacelerar um pouco e passam e viver uma rotina mais calma.

2028

Clara, a filha de Chris e Lily, já está com três anos. É uma menina esperta e um pouco agitada. O pai desconfia de que ela vai ser escritora, pois desde novinha já inventa histórias malucas. Lily expõe suas fotografias numa mostra internacional. A recepção tanto do público quanto da crítica é enorme, e sua carreira parece estar crescendo.

2036

Chris e Lily decidem voltar para o Brasil para ficar perto da família. Clara já está com onze anos e demora um pouco para se adaptar à nova rotina, o que é normal. O terceiro livro de Chris permanece durante semanas na lista dos mais vendidos, e é vendido para vinte países.

2052

Chris e Lily são mais velhos, felizes e realizados. Ainda são profissionais famosos, mas já querem um futuro mais calmo, longe de todo o caos das cidades grandes. Decidem comprar um terreno em Paraty e começam a construir uma pousada.

2064

Chris e Lily sentados num deck à beira-mar olham o sol se pondo e pensam em tudo que fizeram. Família e carreira. Pensam também nos muitos problemas que tiveram, nas crises que enfrentaram juntos. *A vida é difícil, mas é boa*, é o que pensa Chris, lembrando-se do ensinamento que sua mãe lhe passou muitos anos antes.

Quando terminei de fazer minhas projeções, Lily me olhava atenta. Ela não tinha me interrompido um segundo sequer durante minhas histórias sobre o futuro. Fiquei ainda mais ansioso e quase me senti bobo durante seu silêncio. Ela começou a chorar.

— O que foi? — perguntei preocupado. — Falei alguma besteira?

— Não! — disse caminhando até a janela. — Eu só fiquei emocionada. Deve ser o vinho.

Fui até ela. Ergui a minha taça.

— À vida — disse.

— À vida — ela respondeu e brindamos.

— Eu te amo — falei em seguida.

Lily ficou em silêncio por alguns segundos. Me olhou hesitante. Por instantes pensei se aquele era o momento certo para me declarar. E cheguei a uma única conclusão. Não existe momento certo ou errado quando é o coração que fala. O coração não obedece a cabeça, atropela a prudência e bota na ponta da língua o sentimento represado, mas intenso e verdadeiro.

— Eu também te amo. — Foi a resposta que saiu da boca de Lily, fechando a noite com chave de ouro.

Do lado de fora, uma lua cheia iluminava o apartamento. Nos amamos sem pressa, num ritmo perfeito. Tinha certeza de que havia encontrado o amor da minha vida.

20

Saí da casa do Chris um pouco atordoada por causa da conversa que ouvi, sem querer, entre o pai e o tio dele. Tínhamos combinado de passar a noite juntos. Ele iria fazer a prova final no dia seguinte e, por isso, precisava estar bem pro exame. Então tentei disfarçar o máximo possível.

Estava um pouco ansiosa, mas não era um sentimento ruim. Pelo contrário, era uma daquelas sensações que aparecem quando um grande momento está pra acontecer. A cabeça voa longe, o coração acelera, a mão sua, você sente um frio na barriga. Há tempos vinha esperando por aquela noite. Eu e o Chris, sozinhos, num lugar que eu pudesse chamar de nosso. E agora que tudo isso estava prestes a acontecer, me lembro de que a casa está uma bagunça e a geladeira, vazia. *O que é que ele vai pensar, Lily? Você acabou de ser superbem recebida pela família dele e não tem nem um pão seco para oferecer?*

— Vamos passar no mercado? — sugiro.

Ele concorda. Mas meu nervosismo só aumenta quando eu vejo que não tenho a mínima ideia do que comprar para esse momento. O que as pessoas compram? Morangos. Sempre vi nos filmes que as pessoas comem morangos nos encontros românticos. Com chantilly? *Que cafona*, pensei. *Além do mais, esses morangos não estão com a cara nada boa. Esse mercadinho não é dos melhores, mas é o único que está aberto agora.*

— Tinto ou branco? — pergunto enquanto passo pela gôndola dos vinhos.

— Branco — ele responde, para minha decepção.

Não gosto muito de vinhos de uma maneira geral, muito menos dos brancos. Me decido por uma tábua de frios e queijos e um pote de sorvete de baunilha que eu amo. É claro que é minha vez de pagar, já que fui convidada na casa do Chris, mas ele não deixa, e a gente acaba dividindo a conta.

Abro a porta do apê e vou entrando na frente, para tentar arrumar um pouco a bagunça. Deixo as sacolas na mesa, cato umas almofadas espalhadas pelo chão e abro a janela para o ar entrar.

— Que vista linda! — Chris parece encantado.

Lembro que logo que entrei neste apartamento, a primeira coisa que reparei, antes de qualquer outra, foi a vista. O corretor mal abriu a porta e eu já fui direto para a janela e olhei para a cidade. Percebo que Chris parece ansioso e penso que talvez ele esteja preocupado com a prova, quem sabe com a mãe, ou talvez ainda com o que vai rolar.

— Tá nervoso com a prova amanhã?

Ele me garante que não. Digo que tomei uma decisão. Eu também vou para Nova York. Há tempos vinha pensando nisso. Estou insatisfeita com o curso, sem saber muito bem o que quero fazer da vida. Não tem nada que me prenda nessa cidade. Chris fica emocionado.

Nos abraçamos e ficamos em silêncio. Sinto o tempo parar. Se pudesse, moraria no abraço dele.

— Esse perfume é novo? — ele me pergunta enquanto se solta do abraço.

Será que ele não gostou? Essa fragrância é muito forte?

Digo que sim, que mudei muito nos últimos tempos e comento sobre a minha mania de trocar de perfume para cada cidade que eu visito.

— Cidade? Como assim? Que misteriosa... — ele diz.

— Não sou misteriosa — digo enquanto abro a garrafa de vinho. — Sou discreta. A mulher mais discreta do mundo...

— Essa que não tem nenhum segredo — ele completa, para o meu espanto.

Como é que ele sabia que eu ia dizer isso?

— Acho que é uma mania sua — ele parece brincar — citar o trecho desse poema. Eu já tinha ouvido você dizer esse verso durante a festa de bodas dos seus pais.

Fico sem fala com essa revelação. Como assim ele me ouviu dizendo estes versos na festa dos meus pais? Até então eu tinha certeza absoluta que a primeira vez que o Chris tinha me visto foi quando nos encontramos no terraço.

— A primeira vez que eu te vi foi num aplicativo de namoro. Dei *like*, mas parece que alguém não me curtiu — ele continua.

A cada novidade, fico mais nervosa. E apaixonada. De repente, percebo que, durante algum tempo, quando eu ainda nem sabia, Chris tinha vontade de me encontrar. Sinto uma espécie de gratidão a ele, por ter insistido, e ao universo, por ter ajudado esse encontro. Ele me fala da sua mania de projeções. Pergunto o que exatamente seria isso. Enquanto ele começa a falar, um filme começa a passar na minha cabeça. Imagino nossas vidas daqui a um, dois, dez, vinte anos. Lily e Chris bem velhinhos, sentados à beira-mar, olhando para trás e pensando: *Valeu a pena*. Fico emocionada, me envergonho. Caminho até a janela, para limpar minhas lágrimas, disfarçar um pouco minha emoção. Ele chega mais perto.

— À vida — Chris ergue sua taça.

— À vida — eu respondo e brindamos.

— Eu te amo — ele soltou em seguida.

Me perguntei se tinha ouvido mesmo aquela frase sair da boca dele. Tentei disfarçar e não dar bandeira, já que minhas pernas tremiam. Por fora, moderação. Por dentro, meu corpo inteiro dava uma festa.

— Eu também te amo — me declarei.

Deixamos nossas taças no parapeito da janela, peguei sua mão e o puxei para a cama. Senti o peso do seu corpo sobre o meu. Lá fora, a lua cheia brilhava bastante. Parecia iluminar toda a cidade.

* * *

Acordo no meio da noite. Chris dorme profundamente. Vou até a mesa onde ele deixou suas coisas. Abro sua mochila, mexo em sua carteira. Encontro seu cartão do banco e tiro uma foto. Guardo novamente na carteira. Deixo as coisas como estavam. *Espero que ele me entenda*, penso antes de voltar para a cama e deitar ao seu lado. Ele fala alguma coisa enquanto dorme. Eu o abraço, escuto sua respiração. Aos poucos, volto a dormir.

Acordo algumas horas depois. Abro os olhos e vejo uma rosa do meu lado. Vejo Chris em pé, preparando o café da manhã.

— Preguicinha boa — ele diz quando me vê espreguiçando.

— Pelo visto, alguém madrugou aqui — brinco.

— É... tenho que sair daqui a pouco pra fazer a prova. Mas já fui à padaria e comprei algumas coisas pra gente tomar café. Pão quentinho, queijo, mortadela. Tem também esse bolo que tá com uma cara boa.

— Hum... parece que tudo tá delicioso! — digo, já de pé.

— E o que você vai fazer hoje? Tá um dia lindo lá fora.

— Não sei... Talvez andar um pouco de bicicleta.

— Boa. Pega um livro também. Você pode passar a tarde lendo num parque.

— Ótima ideia!

Tomamos o café. Chris pega suas coisas e sai apressado.

— Boa sorte — desejo, e trocamos um selinho.

— Com esse beijo, acho que terei toda a sorte do mundo.

Abro a porta. Ele vai embora. Segundos depois a campainha toca.

Ué, será que ele esqueceu alguma coisa?, penso.

— Vim pedir outro beijinho pra ter mais sorte.

Sorrio. Nos beijamos. Ele chama o elevador. Vejo ele ir embora.

A campainha toca novamente.

— Chris, seu maluco! — grito enquanto abro a porta. Dou de cara com dona Renata.

— Mãe? — digo, surpresa. — Como é que você subiu? O porteiro não interfonou.

— Não tinha ninguém na portaria, Lily. E depois você acha ruim quando eu reclamo desse lugar — ela diz e vai logo entrando com algumas sacolas.

— Bom dia pra você também — brinco.

— Já tomou café? — ela me pergunta.

— Já. Acabei de tomar. O Chris preparou um café pra gente. Ele acabou de sair daqui. Vocês não se cruzaram?

— Não. Acho que pegamos elevadores diferentes. Mortadela, Lily! Você está mesmo mudada. De qualquer forma, trouxe umas coisinhas pra você botar aí nessa sua geladeira. Queijo roquefort, geleia de damasco... Só essa que me faltava. Não criei filha pra comer morta...

— Mãe. Eu tô bem. De verdade. E eu adoro mortadela. Mas você não veio até aqui pra discutir sobre o gosto da mortadela, né?

— Não. Vim aqui porque estava com saudade da minha filha. Como é que estão as coisas?

— Ainda tô meio indecisa com relação ao curso, mas isso já não me entristece tanto. Cheguei à conclusão que é normal não saber muito bem o que se quer aos vinte anos.

— E o trabalho na produtora?

— Sabe que eu tenho curtido? Tô terminando de fazer uma montagem de um *doc* que vai pra um festival agora. Talvez seja isso. Talvez minha *vibe* seja mais colocar a mão na massa.

— O namoro não vou nem perguntar. Pelo visto parece que vai muito bem, obrigada, né?

— Sim. Tudo na boa — digo, sem conseguir disfarçar um sorriso. — Eu conheci a família dele ontem.

— Olha... pelo visto, as coisas estão ficando sérias.

— Já estavam sérias há bastante tempo, né, mãe? Ele foi conhecer a minha família primeiro, quando você e o papai...

— Lily, eu não quero falar sobre isso.

— Mas eu quero. Não foi nada legal o que vocês fizeram.

— Eu não quero falar sobre isso porque sinto vergonha do que eu fiz. E me arrependo. E quero pedir desculpas.

Aquele pedido acertou em cheio meu coração. Olhei para a minha mãe e percebi que ela estava ali, de peito aberto. Sem mágoas, sem máscaras.

— Eu acho que você tem que pedir desculpas ao Chris, não a mim — disse.

— Ao Chris e a você. Não é fácil ser mãe. A gente erra o tempo todo, erra tentando acertar, tentando fazer as escolhas pros filhos. Mas a gente se esquece de uma coisa: vocês crescem, abrem a porta e vão embora. Como eu sinto saudade do tempo que você era uma bebezinha... Por mais trabalho que você me desse, era mais fácil entender os seus desejos, distinguir entre um choro de cólica ou de fome do que entender a sua cabeça hoje em dia.

— Eu também sinto falta de chorar no seu colo, às vezes.

— Ah, minha filha, enquanto eu viver, meu colo vai estar aqui pra você. Tenha você vinte, trinta, cinquenta anos.

Ela começa a chorar emocionada.

— Mãe, tá tudo bem. Olha pra mim! Eu não pareço bem?

— Você tá ótima! Nunca te vi tão alegre.

— Então... Deixa esse baixo-astral de lado. Me conta um pouco de você. O que você tem feito?

— O de sempre. Ou seja, nada — ela solta uma risada. — Mas estou planejando uma viagem pro mês que vem.

— Miami de novo?

— Japão.

— Olha, pelo visto, não sou só eu que mudei nesses últimos tempos. Que novidade é essa?

— Tenho me interessado cada vez mais pela cultura oriental. Vou passar um tempo em Kyoto. Quero conhecer um templo por lá.

Fiquei surpresa com essa sua nova fase zen, até ela começar a reclamar.

— O que é isso? — ela disse olhando para baixo.

— O quê, mãe?

— Esses pés descalços no piso frio! Quer pegar um resfriado? Quantas vezes eu já te disse que não pode...

— Quinhentas mil vezes — eu a interrompi. — Talvez essas tenham sido as palavras que eu mais escutei você falar em toda a minha vida. *Não pode*. Não pode pisar no chão frio, não pode se vestir com essa roupa, não pode brincar com a filha do porteiro, não pode passar tanto tempo trancada dentro desse quarto, não pode fazer tantas tatuagens...

— Mas hoje eu tô aqui para dizer que você pode fazer absolutamente tudo o que quiser. **Só tem uma coisa que eu te proíbo de fazer: ser infeliz.**

Ela foi até a janela. Ficou um tempo olhando a vista.

— Vem cá — ela disse virando de repente. — Eu sei que você já tomou café, mas vamos abrir logo essa geleia. Eu também trouxe uns croissants. Hoje é domingo. Dia de mandar a dieta se ferrar.

— Está um dia tão bonito lá fora — falei antes de comer as guloseimas.

Era tão bom sentir minha mãe por perto. Amar nem sempre é fácil.

21

Assim que entrei no local da prova desliguei meu celular. O relógio marcava onze horas e cinquenta minutos. Entre questões discursivas, análises textuais, redações e testes de fluência de inglês, eu permaneceria naquela sala pelas próximas quatro horas. Concentrado como estava no exame, me desliguei do mundo sem saber que naquele momento meu pai tentava desesperadamente falar comigo. Como já havia acontecido uma vez, quando minha mãe não conseguiu contato no dia de meu primeiro trabalho como garçom na capital.

— Dois minutos! — gritou o fiscal enquanto eu terminava de passar o gabarito com a máxima atenção para não errar bem nos momentos finais do teste. E o que é a vida, senão um grande teste? Eu, você e todos nós, colocados à prova o tempo todo. Hoje eu tenho certeza de tudo. Amanhã eu já não sei de nada.

Entrego o gabarito, junto às questões abertas. Paro um pouco para respirar. Compro uma garrafa d'água do camelô. Ligo meu celular. As atualizações não param de chegar. Dezessete ligações perdidas do meu pai. Alguma coisa de muito errada aconteceu. Ouço suas mensagens de voz.

— Chris, nossa angústia acabou. Sua mãe encontrou um doador compatível.

Continuo ouvindo o restante das mensagens. Eu estava enganado. Só ouço boas notícias. Minha mãe passou por uma cirurgia de urgência e bem-sucedida. Lily também deixou algumas mensagens. Mas neste momento só penso em ir voando para o hospital. *Escuto depois, não tenho cabeça para mais nada*, penso enquanto chamo um táxi.

— Alô, pai... — ligo já dentro do carro. — Me passa o endereço do hospital. Tô explodindo de felicidade. Será que o universo sorriu pra mim?

* * *

Encontro meu pai no corredor. Ele está meio perdido. É como se ainda não acreditasse no que aconteceu. Tanto tempo da sua vida esperando por este momento. Nos abraçamos. Choramos muito. **Um novo coração. Uma nova vida**.

— Como está a mamãe? — pergunto.

— Ainda um pouco cansada pela operação, mas tudo correu bem. A cirurgia foi um sucesso.

— E como foi que aconteceu?

— A gente estava em casa. Eu ia começar a preparar o almoço quando sua mãe recebeu a ligação do doutor Sérgio, o médico-cirurgião dela. Uma moça... parece que foi atropelada por um ônibus. A família foi avisada e consultada. Eles liberaram a doação. Eu não sei nem o que dizer. Vou ser grato pelo resto da vida.

Fui para o pátio do hospital. Abri meu WhatsApp. Lily tinha deixado algumas mensagens de texto, além dos áudios. Comecei a ler.

> **Mari**
> Chris, não sei como você vai reagir à minha decisão, mas não me leve a mal. Eu só quero fazer o melhor pra você e a sua família. Tinha um dinheiro guardado no banco da venda do carro. Fiz uma transferência pra sua conta pra você usar com as despesas da sua mãe. Sei que você é orgulhoso com esse lance de grana, mas não fica bravo. Considere como um empréstimo, você me paga quando puder.

Fiquei emocionado por aquele gesto de carinho. Era um ato que só confirmava o quanto eu estava certo em querer dividir minha vida com Lily. Comecei a ouvir seus áudios.

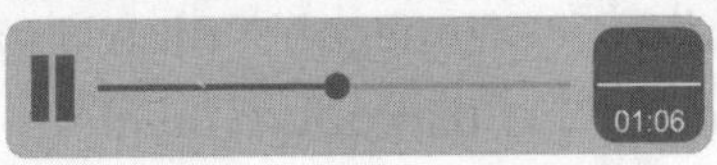

Oie... Resolvi seguir seus conselhos. Adivinha onde eu estou? Pedalando! Tá um dia lindo. Céu azul sem nuvens. Aluguei uma bike, fiz uns lanchinhos com as coisas do café da manhã... minha mãe passou lá em casa logo que você saiu, acredita? Ela disse que tá arrependida do que fez, que vai te pedir desculpas. Coloquei uns livros na mochila também. Me liga quando sair da prova. Quem sabe você ainda não pega o finalzinho do dia pra gente dar um rolê... Er, não sei como dizer isso... mas tô muito feliz, ontem à noite

O áudio foi interrompido do nada. Escutei um barulho muito forte e depois mais nada. Liguei em seguida para Lily. Uma, duas, três vezes. Em todas elas a ligação caiu na caixa postal. Voltei para dentro do hospital. Precisava avisar meu pai que ia até o apê da Lily para saber o que tinha acontecido. Atravessei o corredor, nervoso, e dei de cara com Renata e Alexandre. Meu pai estava com eles.

— Alexandre? Renata? O que vocês estão fazendo aqui? Como vocês conhecem meu pai?

Havia algo fora da ordem, percebi imediatamente. Alexandre e Renata, os olhos vermelhos, chorosos, desconsolados. Estavam completamente abatidos, como personagens de histórias de terror, cujas almas foram sugadas. Foram necessários apenas alguns segundos para eu juntar as peças daquele quebra-cabeças. Não queria ouvir mais nada nem ninguém. Queria desaparecer completamente.

— Chris, a Lily... — começou a dizer o meu pai.

— Não fala nada! Eu não quero ouvir.

Ele me segurou, agarrou forte os meus pulsos.

— Ela salvou a sua mãe — disse.

* * *

Num fim de tarde, paro na esquina entre a Fifith e a Forty-Fourth Avenues e peço um donut num dos carrinhos de comida que se encontram por ali. Sento em um banco e abro o caderno que carrego comigo desde o dia em que vida e morte se uniram, quando perdi a pessoa que eu amava e minha mãe ganhou uma nova vida. Começo a escrever.

Lily,

Faz quase um ano que estou morando em Nova York. Minha bolsa está prestes a encerrar, mas ainda quero continuar um tempo por aqui. Eu apenas comecei a descobrir essa cidade, há muito a ser explorado. Tenho lavado pratos num restaurante para juntar uma grana, e acabei de fazer uma entrevista numa livraria. Parece que fui bem. Me chamaram para a segunda etapa.

Mês que vem eu faço vinte e um anos. Poderia dizer que a minha vida está apenas começando se já não tivesse vivido tanto e tão intensamente ao seu lado. Lembra das minhas projeções? Eu e você juntos, ganhando a América. Foi muito difícil aceitar sua morte. Às vezes ainda é difícil. O que nós estaríamos fazendo agora se você estivesse aqui ao meu lado? Comendo este donut? Saindo de uma sessão de cinema? Juntando uns trocados para assistir a um musical na Broadway?

Depois que tudo aconteceu, ainda esperei o resultado da bolsa sair por um tempo. Foi também o meu período de luto, em que não conversei com quase ninguém. Contei para meus pais que eu tinha passado na Federal e desistido, mas que não estava arrependido de nada.

Você ficaria surpresa, mas encontrei com seus pais. Eles pediram para ver minha mãe e foi um dia em que senti muito a sua falta. Seus pais sofrem com a sua ausência e percebi que estavam mudados. Sua mãe chorou quando abraçou minha mãe. Ela sabe que, de certa forma, você continua viva. Seu coração agora bate em outro peito.

Até hoje não sei como foi você quem a salvou, Lily. Eu sei que existem as filas de espera e que minha mãe já aguardava um coração há muito tempo. Como foi justamente o seu coração eu nunca saberei. Pensei em investigar para entender, mas achei melhor aceitar que ter te conhecido não foi coincidência. Foi destino. Eu tinha que viver tudo o que vivi ao seu lado.

Às vezes eu me culpo por ter sugerido a você andar de bicicleta naquele dia. Por não estar ao seu lado e ter ido fazer a prova. Vivo em um mundo de "se". Se eu tivesse que fazer tudo de novo só para ter te conhecido, sei que cada passo valeu a pena e repetiria todos eles. Mas se eu pudesse impedir sua morte, eu desistiria do que fosse preciso. O que a vida me reserva a partir de agora só o tempo vai dizer. Casamento, filhos, carreira. Tudo ainda está para acontecer. Mas sei que os encontros de alma não são assim tão fáceis. São raros. Talvez eu já tenha encontrado o meu grande amor. Dói. Dói muito sem você. Aqui. Agora. Mas é preciso viver. Viver cada dia como se fosse o último.

Seu coração continua pulsando e batendo cada vez mais forte no peito da minha mãe. E, por isso, eu sigo em frente. Por você. Pela nossa história. Porque você me provou que a felicidade existe e está ao meu alcance.

Basta querer. Basta acreditar.

Lista de músicas

Página 14 – "This is the day", Matt Johnson; Some Bizzare/ Epic, 1983.

Página 21 – "Socorro", Arnaldo Antunes, Alice Ruiz; Polygram, 1994.

Página 52 – "Eduardo e Mônica", Renato Russo; EMI-Odeon, 1986.

Página 79 – "Kiss me", Ed Sheeran, Julie Frost, Justin Franks; Elektra, 2011.

Página 91 – "Bete Balanço", Cazuza, Roberto Frejat; Opus/ CBS e WEA, 1984.

Este livro foi composto em Fairfield Light LT Std
e impresso pela Intergraf para a
Editora Planeta do Brasil em outubro de 2017.